W0318153

QUER VERLAG

Stephanie Kuhnen

Rettet die Delphine!

Lesbische Lästereien

© Querverlag GmbH, Berlin 1999

Zweite Auflage Mai 2001

Alle Rechte vorbehalten. Kein Teil des Werkes darf in irgendeiner Form (durch Fotokopie, Mikrofilm oder ein anderes Verfahren) ohne schriftliche Genehmigung des Verlages reproduziert oder unter Verwendung elektronischer Systeme verarbeitet, vervielfältigt oder verbreitet werden.

Umschlag und grafische Realisierung von Sergio Vitale unter Verwendung einer Fotografie von Laurence Jaugey-Paget (aus: *Nice Girls Don't –Erotische Fotografien*, Konkursbuchverlag, Tübingen 1999)
Gesamtherstellung: Druckhaus Köthen
ISBN 3-89656-043-3
Printed in Germany

Bitte fordern Sie unser Gesamtverzeichnis an:
Querverlag GmbH, Akazienstraße 25, D-10823 Berlin
http://www.querverlag.de

Für Sophie

There is a light that never goes out
(The Smiths)

Inhalt

Der Anfang

Moby sings the Blues

Der Delphin ist irgendwie die bessere Lesbe. Kaum eine, deren Tierchenzentrum nicht beim Anblick eines dieser niedlichen Meeressäuger mittig getroffen wird. Irgendwo hat jede einen Flipper, jede Wette! Der Frauenbuchladen, der keine Delphinpostkarten führt, muß erst noch eröffnet werden und würde sicherlich wegen mangelnden Umsatzes bald wieder schließen.

Jede friedliche Lesbengruppe verwandelt sich in einen wilden Lynchmob, wenn eine aus den eigenen Reihen Thunfisch auf ihre Pizza bestellt, weil unschuldige Delphine dafür in den Fischfangnetzen elendig verrecken mußten. Denkt eigentlich keine an die Thunfische?

Das Pathos der *dolphin correctness* ist endlos. Eine Zeitlang war es schick, den verheißungsvollen Slogan „Wenn Frauen Frauen lieben, können sie Delphine auf bunten Wellen reiten sehen“ auf

Häuserwände zu sprühen, als wäre Lesberei eine psychedelische Droge.

Esoterische Musikverlage verdienen sich mit Delphin- und Walgesängen an den Schwestern ein goldenes Nasenchakra. Hört sich wirklich eine zu Hause *Moby sings the Blues* an? Gut, daß keine versteht, was da unter Wasser so geflötet und geschnattert wird. Es steht zu befürchten, daß das alles so belangloses Zeug ist wie „Hey, laß uns mal wieder die Schule schwänzen!", „Orca-Willy ist ein Kissenpuper!" oder „Spring mal hoch, da ist schon wieder ein Kutter voller Weiber".

In den USA und Australien ist eine Einladung zum *Whalewatching* eine beliebte Anmache mit intendiertem Beischlaf. Delphinfans geben Unsummen an Geld dafür aus, um mit den lustigen Tieren baden zu gehen, alles zu therapeutischen Zwecken, versteht sich. Dabei werden die Gemeinheiten, die sie ihren treuesten Fans zufügen, wie Rammen, Beißen und unter Wasser ziehen, feige vertuscht.

Warum immer nur Delphine? Wie wäre es mit Alternativen wie „Putzrituale mit Waschbären als archetypische Morgenmeditation", „Laß dich von Eichhörnchen inspirieren. Lege Kleingeldvorräte unter Sofakissen an" oder „Traditionelle lateinamerikanische Tanzimprovisation mit Kakerlaken. Bringt bequeme Bekleidung mit"?

Warum identifizieren sich die Damen nicht mit Elefanten, obwohl das doch viel näher läge? Die leben in einem Matriarchat. Die Damen bleiben ein Leben lang zusammen, die Bullen sind nutzlose Spermaspender, die Söhne werden mit vierzehn aus dem Rudel geworfen, und vor allem sind die Dickhäuterinnen sehr nachtragend.

Ganz wilde Ladies kaufen sich Delphindildos, um in die Tiefen abzutauchen. Dieses Tier bietet sich da wegen seiner Form geradezu an. Oder habt ihr schon mal was von einem Elchdildo gehört?

Delphine, so heißt es, stehen auch außerhalb eines Frauensexshops für ausgeprägte Erotik. Aber nur wenige wissen, daß Flipper der größte Unterwasserwüstling ist und ausgeprägte Erotik ein Euphemismus für „Fällt alles an, was nicht bei drei auf die Korallen kommt". Da stimmt es doch nachdenklich, daß ausgerechnet in einem Buch über die Sexualität Mißbrauchsüberlebender die Autorin dichtet: „Meine Lust ist eine Delphinin. Sie will hinaus aufs Meer.“ (Gita Tost in *Freischwimmerin.*) Ist das unfreiwillige Komik oder zynische Wahrheit?

Die dauerlächelnden Schwerenöter treiben ihre Weibchen gerne in ausweglose Engen, um sie dann zu vergewaltigen. Wehrt sich eine zu heftig, kommt es auch vor, daß sie ihre Artgenossin töten. Sie vergreifen sich sogar an Meeresschildkröten und Rochen! Das muß endlich mal an die Oberfläche des Bewußtseins: Alle drei Minuten wird in den Tiefen des Ozeans ein Rochen von einem Delphin plattgemacht. Und wen kann es angesichts dieser Verbrechen noch wundern, daß Meeresschildkröten so depressiv aussehen? Wo bleibt eine Kampagne in der Tradition von „Macker in den Hacker!“, die da heißt „Delphine auf die Pizza!“ oder „Rochen bildet Banden!“?

Daß dieser Pseudofisch mit dem Grinsen eines Charles Manson so intelligent sein soll wie ein Mensch, ist ein Gerücht, das wahrscheinlich von Douglas Adams in seiner *Per Anhalter durch die Galaxis*-Reihe erfunden und von seinen LeserInnen dankbar übernommen wurde. Tatsächlich haben diese angeblichen Intelligenzbestien die geistigen Fähigkeiten eines vierjährigen Kindes. Ist doch schon ein wenig suspekt, wenn jemand sein ganzes Leben in einer Schule verbringt.

Bei den überlieferten Geschichten, in denen Delphine Schiffbrüchige gerettet haben, könnte es sich hierbei also um banale Mißverständnisse handeln. Mit einem IQ auf dem Niveau der Durchschnittstemperatur des Europäischen Nordmeers vor Spitzbergen ist es eher wahrscheinlich, daß diese BaumschülerInnen annehmen, exotisches Spielzeug vor ihre dummen kleinen Flossen gespült zu bekommen und Matrosen unfreiwillig über Wasser halten. Das Gekeckere bedeutete also nicht „Du armer, durchgeweichter Fischers Fritz, wir bringen dich zu deiner Frau“, sondern: „He, kommt mal her, die Planke hier lebt noch!“

Auch wenn all die beschriebenen schlechten Angewohnheiten dieser gruseligen Viecher Grund zu der Annahme geben, daß Mensch und Delphin sich leider doch ähnlich sind, heißt das noch lange nicht, daß gerade Lesben diese Meeressäuger unreflektiert verehren sollten. Schließlich halten sich viele Tribadinnen für das bessere Zehntel der Weltbevölkerung.

Und noch etwas: Ausgerechnet die SPD zog 1998 mit Delphinen in den Wahlkampf. Das hätte uns StimmenabgeberInnen von vornherein stutzig machen sollen.

Flipper, mir graut vor dir!

Gerätepark

Als ich vor dreizehn Jahren mein Coming-out hinlegte, warnte mich meine Mutter vor den sinistren und sexuell ausgehungerten Lesben, die nur auf so frisches Fleisch wie das meine warten, um mir Drogen in die Cola zu mischen und mich direkt auf einem Billardtisch flachzulegen. Alles leere Versprechungen, Mama! Die Kneipen waren voll mit zärtlichen Freundinnen, die ein pathologisches Interesse an meiner Kindheit hatten, und Cola trinken war sowieso politisch indiskutabel.

Nach den trockenen Jahren des stundenlangen Aura-Pettings, der „Vaginale-Penetration-ist-schlecht-für-den-aufrechten-Gang-einer-Feministin"s und der „Orgasmus-ist-mir-nicht-so-wichtig"s hatte ich mich bereits damit abgefunden, in einem Land zu leben, in dem die Mösen nicht nur morgens um halb zehn nach einer kleinen Mahlzeit gähnen.

Plötzlich, kurz vor Ende des Jahrtausends, taucht eine Subspezies der Gattung Lesbe auf, die lautstark rumposaunt: „Wir haben ständig Sex, Sex, Sex, wir ficken, ficken, ficken wie die Hasen und kommen, kommen, kommen wie eine Legion!" Sie sind überall: auf den Parties, in den Kneipen, in deiner eigenen WG. Man kann sie sogar morgens mit der neuen *Siegessäule* an der Haltestelle stehen sehen.

Die Schwestern der perpetuellen Adoleszenz sind meistens jüngere Twentysomethings mit Klamotten und Frisuren, die sie einer männlichen Jugendkultur nach Wahl abgekupfert haben, und strahlen damit so viel *street credibility* aus wie ein fünfzehnjähriges weißes Mittelschichtsbübchen in Markenjeans mit Hängearsch. Sie sind waaahnsinnig gut drauf, treten nur an Wochenenden in Erscheinung und halten Kundalini für einen angesagten Club.

Gerne staffieren sie sich mit eindeutig sexuell besetzten Symbolen einer erotischen Subkultur wie der S/M-Szene aus, mit deren Inhalt sie mit Sicherheit nichts zu tun haben wollen, weil sie das eigentlich schon ein bißchen pervers finden. Natürlich präsentieren sie sich als die einzig wahren Rebellinnen der Lesbenwelt, verfolgt von einer ganzen Armee böser Feministinnen, die ihnen hinter jeder dunklen Ecke auflauert, um ihnen ihre kleinen Spielzeuge wegzunehmen, noch bevor sie herausgefunden haben, was man damit machen kann. Nur daß diese Sorte Feministinnen vollauf mit ihren eigenen Paranoiaproblemen beschäftigt ist und eher friedlich an WG-Tischen weltfremdelt, weil das Leben nicht so lieb ist wie die Kundschaft im Bioladenkollektiv und die neueste Separatistinnenbibel aus den Staaten doch eigentlich sie als die wahren Ketzerinnen auserwählt hat.

Nur ist es für die juvenilen *fashion victims* schon ein revolutionärer Akt, ein unglaublich inhaltsschweres „Ficken" in den Raum zu flüstern und darauf zu warten, daß eine der gefürchteten Gemüselesben sich räuspert, um sich dann theatralisch auf den Boden zu werfen und „Foul! Foul! Ich reiche hiermit meinen Asylantrag bei den Schwulen ein!" zu brüllen.

Nach ausgiebigen anti-pc-Attitüden schließt sich die Themenliste mit den eigenen sexuellen Erfolgen. Denn sie alle haben selbstverständlich bereits das ganze Kamasutra mit und ohne

Hilfsmittel hoch und runter geturnt, literweise ejakuliert, sind vaginal gekommen und haben mindestens hundert Frauen orgasmiert – vor Erreichen des fünfundzwanzigsten Lebensjahres.

Natürlich praktizieren alle Safer-Sex. An den Kneipentresen stehen reihenweise Lesben quasi im Ganzkörperlatexanzug und schlaumeiern über Handschuhe, Dental Dams und aufgeschnittene Kondome.

Zur Imagepflege gehört neben dem VIVA-tauglichen Outfit selbstredend im häuslichen Bereich auch das Auftakeln des kleinsten Ikea-Ruderbootbettes mit Haken, Seilen, Ketten und Karabinern zum hochseetauglichen Viermaster. Unter bundesdeutschen Lesbenbetten entstanden so in den letzten zwei Jahren ganze Geräteparks mit allerlei Hilfsmitteln, Dildos, Harnessen, Handschellen, Fußfesseln und Skalpellen – das ganze Programm eben.

Nur der Verbandskasten liegt aus Sicherheitsgründen im Auto.

Es ist schon ein bißchen zynisch, daß in vielen Städten die Frauenbuchläden schließen müssen, weil die Lesben in Zeiten wie diesen angeblich kein Geld haben. Natürlich kostet allein schon die Geräteparkerstausstattung und jedes Tattoo mehr als ein Meter Pat Califia, zwei Ausgaben der Kolumnen von Susie Bright oder ein Annie-Sprinkle-Video. Nach vier *Becks* ist auch der Etat für das S/M-Sicherheitshandbuch überzogen. Ein im Zimmer auffällig exponiertes Buch bietet sicherlich auch keinen so großen Nachrichtenwert für das soziale Umfeld der modernen Sexbesessenen wie eine scheinbar zufällig liegengelassene Lube-Flasche oder ein lässig am Bett drapierter Dildo. Ein großes Bücherregal wirkt da eher unsozial als sexy.

Zu Ruhm kommt die Potenzlesbe eben nicht mit dem Sammeln von Fachliteratur, sondern nur durch das Anlegen eigener Inhaltsverzeichnisse wie „Ich war im Bett mit …“.

Die Kapitel können jedoch nur mündlich weitergetratscht werden. Und das aus gutem Grund. Wer würde sich schon in einem Buch mit dem Titel *Pleiten, Pech und Pannen. Was wirklich geschah* wiederfinden wollen? Denn so manches eben auf der Party noch stramm erigierte Ego erschlafft blitzartig noch vor Erreichen der Bettkante. Wahre Abgründe nicht nur in anatomischen Grundkenntnissen tun sich auf. Plötzlich lamentieren kleine Sensibelchen mit wilden Tattoos und schweren Piercings über Schüchternheitsprobleme, wollen dir ihre Lieblingsplatten vorspielen oder fummeln im schlimmsten Fall tapsig an deinen Brüsten rum.

Sollte die Beute dann noch hoffnungsfroh sein, und geht es nach ein paar zappeligen Zungenküssen zur Sache, finden sie Haut auf einmal viel schöner oder haben schneller, als du „aber du sagtest doch safe“ piepsen kannst, eine letale Allergie gegen Latex entwickelt. Wahlweise wurde selbstverständlich kurz vorher noch ein HIV-Test gemacht, der „völlig okay“ war. Natürlich!

Die etwas Mutigeren machen in Panik einfach irgend etwas, was sich auch genau so anfühlt: Einfach mal auf die Klitoris zielen, da kann man ja angeblich nicht viel falsch machen. Das Opfer kann von Glück sagen, wenn ihr nicht die linke Labie geknetet wird und sie dann ein Wochenende später in Kneipengesprächen „die mit der Monsterklit“ genannt wird.

Die ganz Dummen dagegen hauen dir erstmal ein paar Finger in die Möse, und jeder Schmerzensschrei pumpt die Schwellkörper des Egos erneut auf. Denn Frauen schreien ja beim Sex nur deswegen, weil sie es angeblich besonders hart brauchen.

Diejenigen, die überhaupt nicht wissen, wie sie beim Ficken ihre ungelenken Patschefingerchen halten sollen, schnallen sich einfach lässig ihren Dildo um und bleiben so auf sicherer Distanz. Dildos sind nicht nur total cool, sondern entbinden Stümperinnen auch von der Pflicht, sich in einer Möse auszukennen. Tragisch ist neben der zumindest theoretisch gegebenen Chance auf einen netten Fick, daß eine ganze Reihe von Sexpertinnen sich den Mund fusselig redet, um Lesben den Dildo als ein Stück Silikon näherzubringen, das erst in der Phantasie die gewünschte Gestalt annimmt. Und dann kommen diese Dumpfbacken daher und akzeptieren ihren Dildo letztendlich doch als Schwanz, weil sie schon von der Anatomie ihrer eigenen Genitalien intellektuell überfordert sind.

Ein dummer Mensch muß mal geprahlt haben, daß dumm gut fickt, aber alle, die sich jemals für Bücher oder Sex jenseits des Egos interessiert haben, wissen, daß intelligent nun mal besser fickt. Intelligente Menschen kommen zum Beispiel nicht auf so erbärmliche Theorien, daß die Möglichkeit, eine Frau zu fisten, von ihrer Gesamtkörpergröße abhängt, weil große Frauen große Mösen haben. Kleine Frauen gebären bekanntlich auch kleine Kinder.

Das wirklich Gute an den jetzt so verpönten Achtzigern und frühen Neunzigern waren die unzähligen Diavorträge über die Klitoris und Selbstuntersuchungsworkshops in den Frauengesundheitszentren. Die sind jetzt natürlich vor allem denjenigen peinlich, die nie dabei gewesen sind, weil sie damals noch in irgendeinem gottvergessenen Kleinstädtchen den Namen ihrer Klassenlehrerin auf ihr Mäppchen gekritzelt haben. Die meisten von ihnen würden heute schreiend wegrennen, wenn sie in einem dunklen Raum die Diaprojektion einer leinwandgodzillagroßen Möse vor sich hätten, noch bevor sie ein anatomisches Aha-Erlebnis mit ihrem „da unten" hatten.

Seit ein paar tausend Jahren fragt uns das Patriarchat: „Sagt mal, Mädels, was macht ihr eigentlich so im Bett?" Nun gibt es zum Millennium immer noch herzlich wenig Antworten darauf, und es ist zu befürchten, daß „Herr, vergib ihnen, denn sie wissen nicht, was sie tun!" vor langer, langer Zeit der falsch verstandene verzweifelte Stoßseufzer einer Möse war, die, tödlich gelangweilt, zielloses Herumgestochere ertragen mußte, weil die Fickende nicht für fünf Pfennig Grips in den Fingern hatte. Nun sind Mösen an sich gutmütig und ausgesprochen geduldig, wie sonst ist es möglich, daß noch keiner wirklich Zähne gewachsen sind?

Wenn schon Tabubrechen ein neuer In-Sport der Lesben geworden ist, dann muß auch dieses endlich mal auf den Tisch: Es gibt nicht nur gute Mädchen, die in den Postpatriarchatshimmel kommen, und böse Mädchen, die pausenlos überall kommen. Nein, es gibt auch ausgesprochen dumme Mädchen, die nicht mal auf die Arche Noah gekommen wären, weil sie trotz abendvernichtender Sabbergeschichten einfach zu doof zum Ficken sind.

Wurde auch Zeit, Mausi!

Willkommen bei uns zu Haus! Wir sind bunt, wir sind grell, wir sind homosexuell!

Wir tragen mit Stolz unsere Diskriminierungsnamen Lesbe, Schwuler oder Transe. Viele mögen sich vielleicht nicht mehr an die Zeiten erinnern, aber bevor die Heteros herausfanden, daß unsere Partys einfach besser sind, haben sie uns mit solchen Bezeichnungen noch beschimpft.

Mittlerweile gilt es sogar in Heterokreisen als schick, sich eine Hauslesbe oder einen Hausschwulen zu halten. Doch auch bei allem Gewese um die Auflösung der Geschlechterrollen sieht es für Homosexuelle nicht ganz so rosa aus, wie es uns die Medien gerne glauben lassen. Für Lesben sogar weniger als für Schwule. Denn während die Schwulen zu den Lieblingen der Heteras avanciert sind, werden Lesben nur als Anhängsel der Jungs geduldet – die Klischees aber sind beharrlich entwicklungsresistent. Da können wir uns noch so sehr an die Schwulen kuscheln, ihre selbstgewählten Muttis werden trotzdem behaupten, sie wären von so einer fiesen „LKW-Lesbe“ angemacht worden. Und wenn sich eine junge Frau in einem luftigen Sommerkleid zu ihrer gleichgeschlechtlichen Präferenz bekennt, springt aus dem Gebüsch in ihrem Vorgarten gleich ein Rudel Paparazzi, und die Modemagazine titeln mit: „Die lesbischen Girlies von heute tragen feminine Kleidung und Make-up!“ – als wären alle Lesben vor 1980 mit Lederkluft und Motoröl an den Händen geboren worden.

Wie gesagt, die Vorurteile sind vielerorts dieselben geblieben. Nur kleben an ihnen nicht mehr Flokatifusseln oder Persikoflecken, sondern sie kommen in Technoleibchen und im Datenfluß des Internets daher.

Trotzdem ist vieles angenehmer geworden. Junge Homosexuelle finden in jeder größeren Stadt lesbisch-schwule Beratungsstellen, mit einem Regenbogen beflaggte Kneipen oder Discos und dort auch ihre SexpartnerInnen. Aber eine typische Coming-out-Erfahrung wird wohl keiner Lesbe erspart bleiben. Das hat sich auch im Zeitalter der angeblichen Massentoleranz nicht verändert.

Ist sie als Lieschen Müller von keinem Hetero eines Blickes gewürdigt worden, weil sie gemessen an den acht lebenden Supermodels eine Attraktivitätsbehinderung hat, wird sie als Lesbchen Müller von Männern umringt sein. Bei aller Hipness scheinen sie immer noch nicht zu begreifen, daß Lesben wenig Interesse daran haben, mit der Freundin irgendeines Typen herumzumachen, während dieser daneben sitzt und vor Freude mit dem Schwanz wedelt. Heterosexuelle Männer scheinen nicht akzeptieren zu können, daß es Frauen gibt, die quasi per definitionem nicht für sie verfügbar sind. Diesem schmerzlichen Machtverlust begegnen Heteros entweder mit Pöbelei und vielleicht sogar Gewalt, oder auch mit verstärktem Balzen, hinter dem noch immer die Idee vom heißen Hengst steht, der die unterkühlte Stute überzeugt. Manche werden es eben nie lernen.

Sicherlich haben uns unsere Zähigkeit und Courage der Emanzipation ein Stückchen näher gebracht, aber unerwarteterweise gibt uns eine Gesellschaft zusätzlich Rückenwind, die sich selbst nicht mehr ausstehen kann. Nach den einkommensstarken, aber einsamen Achtzigern der Yuppies heißen die aktuellen Ideale Individualität, Familienbande und Kreativität. Lesben und Schwule bieten sich da als Verkörperung dieser neuen Religion geradezu an. Wir haben aufgrund unseres Außenseitertums schon immer ein geschickteres Händchen für Innenausstattung, Selbsterfindung und Großfamiliengründung, ohne dabei auf lange Traditionen zurückgreifen zu können. Kein Wunder also, daß Heteros hemmungslos bei uns abkupfern. Denn mit unserem wachsenden Wohlbefinden führen wir ihnen täglich ihre Mittelmäßigkeit vor Augen.

Da stimmt es schadenfroh, daß ihnen erst recht spät im zwanzigsten Jahrhundert auffällt, wie öde es ist, unmögliche Frisuren und Klamotten zu tragen, die Frauen an den Herd zu stellen und über die Missionarsstellung selten hinauszukommen.

Dennoch, oder vielleicht deswegen, werden Homosexuelle auch in dieser sich für besonders fortschrittlich haltenden Gesellschaft wie Kinder bevormundet und um grundlegende Rechte betrogen. Viele, die in der Hoffnung auf längst fällige Gesetzesänderungen bei der letzten Bundestagswahl die SPD gewählt haben, werden die Verzögerungen um die Einführung der Homo-Ehe oder die skandalösen Äußerungen des Verteidigungsministers Rudolf Scharping zu Homosexuellen in der Bundeswehr wie einen Schlag in die Magengrube empfunden haben. Aber diese Regierung hat ja noch drei Jahre Zeit, um sich an ihre Versprechen zu erinnern und sie auch einzulösen. Denn wir sind noch lange nicht so weit wie andere europäische Länder wie zum Beispiel Dänemark, wo lesbische und schwule Paare immerhin heiraten dürfen.

Im kulturellen Bereich sieht es dagegen besser oder jedenfalls nicht ganz so düster aus. Aber auch hier dürfen die Nebenwirkungen einer scheinbaren Toleranz nicht überbewertet werden. Tolerieren heißt in diesem Fall nur soviel wie: „Ist schon okay, daß ihr da seid. Zahlt eure Steuern, seht gut aus, unterhaltet uns und macht bloß keinen Streß!“ Bis zur Akzeptanz ist es noch ein langer Weg.

Lesben haben in Deutschland herzlich wenig Rollenmodelle, nach denen sie ihre ersten zarten Gehversuche richten können.

Das ist leider nicht deswegen so wichtig, weil auch wir uns gerne Starschnitte von lesbischen Promis übers Bett hängen würden, sondern weil die eigenen heterosexuellen Eltern als unmittelbare Vorbilder ausfallen.

Die Pseudo-Lesben, die die bundesdeutschen Seifenopern bevölkern, überzeugen nicht gerade durch identitätsstiftende Charaktereigenschaften. Sie benehmen sich eher wie Erfindungen heterosexueller Männer, die in den Endneunzigern die realexistierende Lesbe als neuen Fetisch entdeckt haben. Diese Figuren haben mit Feminismus nichts am Hut, entsprechen dem aktuellen Schönheitsideal und brennen schließlich doch mit einem Ritter in schimmernder Rüstung durch, nachdem sie ihre lesbische „Phase" ausgetobt haben. Oder sie sind wie im Fall der *Lindenstraße* sogar reaktionär und transportieren die übelsten Klischees, mit denen Lesben schon zu lange verleumdet werden: Die Figur der Sonja verführt nicht nur die labile Ehefrau Tanja Schildknecht, nein, sie ist auch eine drogensüchtige S/M-Anhängerin, und eine männermordende noch dazu. Und deshalb muß sie den lesbischen Leinwand- bzw. Mattscheibentod sterben.

Auch in den großen Filmen erliegen wir eher vor Langeweile dem Kinosesseltod, bevor wir erleben dürfen, wie eine überzeugende lesbische Hauptrolle mit ihrer Geliebten in den Sonnenuntergang reitet.

Sicherlich gibt es mittlerweile einige Ausnahmen, wie zum Beispiel den Gangsterfilm *Bound*. Trotzdem gilt immer noch: Eher paßt Hella von Sinnen durch ein Nadelöhr, als daß eine Filmlesbe am Ende nicht in den Himmel kommt.

Mit den realexistierenden Berühmtheiten sieht es in diesem Land ebenfalls recht mau aus. Ulrike Folkerts, Maren Kroymann und Patrick Lindner allein machen den Kohl noch nicht fett.

Gerade die Prominenz schweigt häufig über ihr „Privatleben". Von Outing kann man nun halten, was man will, aber es hinterläßt keinen positiven Eindruck bei jungen Homosexuellen, wenn berühmte Lesben oder Schwule, die seit Jahren an der mühselig aufgebauten lesbisch-schwulen Infrastruktur partizipieren, nach dem unfreiwilligen Bekanntwerden ihrer sexuellen Präferenz loskeifen, als wären sie mit Kinderschändern gleichgesetzt worden. Ein bißchen mehr Verantwortungsgefühl, Respekt und Dankbarkeit kann man da schon erwarten. Besonders, wenn es hauptsächlich Lesben waren, die zu Ruhm und Privatvermögen beigetragen haben, wie zum Beispiel bei Alice Schwarzer.

Was Lesben wie Schwule gerade in der Zeit ihres Coming-outs brauchen, sind auch bei Heterosexuellen geschätzte Ikonen, die selbstbewußt und öffentlich sagen können: „Ich bin's. Ich hab's getan. Und ich bin glücklich!" Davon gibt es immer noch zu wenige in Deutschland. Bedauerlicherweise haben nicht alle Homos grüne Gesichter. So müssen wir uns weiter auf die paar homosexuellen *celebrities* stürzen, die freiwillig mit ihrem schmutzigen kleinen Geheimnis herausrücken.

Da freut man sich doch über die heterosexuelle Schauspielerin Lucy Lawless, die Darstellerin der Xena in der gleichnamigen Fernsehserie. Auf die Frage, ob sie denn wisse, daß die Co-Produzentin Liz Friedman eine Lesbe sei, antwortete sie: „Natürlich weiß ich das. Ich wünschte nur, das hätte mir jemand früher gesagt. Jetzt bin ich verheiratet. Liz war die erste Frau, die ich bewundert habe. Ich würde zehn Meilen auf Knien durch Glassplitter robben, nur um in ihrem Schatten zu masturbieren!"

Stolze Eltern, die sich in der Öffentlichkeit zu ihren homosexuellen Kindern bekennen, wie der Kabarettist Richard Rogler zu seiner Tochter Marianne oder SPD-Politiker Franz Müntefering zu Miriam, gehen ebenfalls mit gutem Beispiel voran und helfen damit vielleicht anderen Eltern, die dem Coming-out ihres Kindes hilflos gegenüberstehen.

Es wird höchste Zeit, daß mit den Ängsten aufgeräumt wird, die das Verlassen des Schranks immer weiter herauszögern oder im schlimmsten Fall gänzlich verhindern. Homosexualität ist keine Krankheit, keine Phase und kann auch nicht mit eiserner Disziplin unterdrückt werden. Lesben und Schwule fristen selten ein tristes und einsames Dasein. Dazu haben wir zu viele Sportvereine und Hobbygruppen. In den wenigsten Fällen werden FreundInnen den Kontakt abbrechen. Und wenn doch, sind sie nie welche gewesen. Unserer Erziehung nach sollen Vater und Mutter zwar geehrt werden, aber wenn Eltern meinen, sie hätten Nachwuchs in die Welt gesetzt, damit dieser ihre Ansprüche erfüllt, dann haben sie etwas Grundsätzliches mißverstanden. Liebe kann nicht erzwungen werden.

Das klingt natürlich sehr einfach. Aber letztendlich ist es das auch.

Diese falschen Mythen aufzubrechen und uns täglich unsere Stärke vor Augen zu führen kann dazu beitragen, daß endlich von dem Irrglauben abgerückt wird, Homosexualität sei eine Schande, die gebeichtet werden müsse. Warum auch?

Eltern sind grundsätzlich davon überzeugt, ihr Kind sei etwas Besonderes. Also kann ein Coming-out nur heißen: „Liebe Eltern, ich muß euch etwas Tolles mitteilen. Ich bin sogar etwas ganz Besonderes. Ich bin nämlich lesbisch!“

Natürlich werden Eltern nicht gerade das im Sinn gehabt haben, aber ein etwas offeneres und wärmeres Klima ermöglicht es ihnen (und ihren Töchtern und Söhnen), sich nicht mehr zu fragen: „Was haben wir falsch gemacht?“, sondern sich sofort in einer Elterngruppe zu organisieren und in einem eigenen Block auf dem CSD für unsere Rechte zu demonstrieren. Mit Anerkennung und tausendfachem Applaus werden sie auf jeden Fall belohnt werden.

Wir sind nämlich eine sehr großherzige Familie – und wir haben immer noch Plätze frei!

Die häufigsten Einwände von Eltern und mögliche Antworten

1. Homosexuelle sind einsam.
Nimm deine Eltern mit zu einer CSD-Parade.

2. Aber im Alter haben sie niemanden mehr.
Möglich, wer weiß das jetzt schon. Jedoch haben Männer eine geringere Lebenserwartung als Frauen. Die Chancen stehen für eine Lesbe also besser.

3. Du wirst nie einen Job bekommen.
Was willst du mit einem Job, bei dem du einen Freund erfinden mußt, mit dem du angeblich das Wochenende verbracht hast, der aber nie zu einem Betriebsausflug mitkommen kann?

4. Unsere Tochter wurde von einer Lesbe verführt.
Richtig. Du bist von einer Lesbe verführt worden. Und es hat dich überzeugt.

Oder du hast deine Freundin verführt und ganz ungeahnte Talente in dir entdeckt, die selbstverständlich gefördert werden müssen.

5. Lesben wollen Männer sein.
Männer werden in einem Computerfachgeschäft nicht ignoriert, tragen bequemere Kleidung, verdienen bei gleicher Arbeit mehr Geld und können nachts durch einen verlassenen Park spazieren.

Alle Frauen mit ein bißchen Verstand wollen ein Mann sein. Zumindest, ohne ihren Körper dafür tauschen zu müssen.

6. Du brauchst Hilfe.
Ja, nämlich Geld für gute Bücher, sinnvolle Klamotten, eine neue Frisur und ein Ticket zum CSD bzw. Lesbenfrühlingstreffen.

7. Du hast wohl schlechte Erfahrungen mit Männern gemacht.
Nein, du hast gute Erfahrungen mit Frauen gemacht.

8. Du wirst nie eine richtige Familie haben.
Falsch, falsch, falsch. Ob Familie oder keine, entscheiden wir alleine! Fordere, wenn du willst, deine biologische Familie auf, deiner selbstgewählten beizutreten.

9. Was sollen denn die Nachbarn denken?
Was sie wollen. Das tun sie sowieso.

10. Ihr habt doch gar keinen richtigen Sex.
Zwinker deiner Mutter zu und frag sie mal, wie lange durchschnittlicher Sex bei ihr dauert und wie viele Orgasmen sie dabei hat.

11. Das hast du doch gar nicht nötig!
Doch, und zwar sehr.

12. Du hast noch nicht „den Richtigen“ getroffen.
Aber bestimmt bald, und dann genau auf die Nase.
Nein, das wird auch nicht passieren, weil du ja gar nicht suchen wirst.

13. Lesben sehen immer so ungepflegt aus.
Deine Mutter sollte mal ihren Mann mit Jodie Foster vergleichen.

14. Lesben führen ein Außenseiterleben.
Ja, und sie machen das sehr erfolgreich. Laß deine Eltern zehn berühmte Frauen aufzählen. Darunter werden mindestens fünf lesbisch gewesen sein – solange sie nicht zehn Sängerinnen des *Musikantenstadls* memorieren.

15. Das ist gegen die Natur.
Keine Tierart kann zwischen homo oder hetero unterscheiden. Viele sind mittlerweile sogar dafür bekannt, daß sie auch homosexuelle Beziehungen eingehen. Bei der Natur, von der da Rede ist, kann es sich nur um eine Erfindung von Menschen mit einem moralischen Konzept handeln. Mit höherer Intelligenz hat das nichts zu tun, sondern mit einer beschränkten Auffassungsgabe.

16. Aber, einerseits und andererseits und außerdem …
Wacht endlich auf! Das Jahrtausend, von dem ihr sprecht, ist vorbei.

Fazit: Was haben deine Eltern richtig gemacht? Sie haben ein prima Kind in die Welt gesetzt!

Die bitteren Tatsachen

- Das durchschnittliche Alter, in dem Mädchen entdecken, daß sie lesbisch sind, liegt zwischen 16 und 19 Jahren (bei Jungen 14 bis 16 Jahre). Aus Angst vor Diskriminierung zwingen sich die meisten zu „Beziehungen“ zum anderen Geschlecht.

- 30% der Selbstmorde bei Jugendlichen werden aufgrund ihrer Homosexualität begangen; die Selbstmordbereitschaft bei lesbischen und schwulen Jugendlichen liegt zwei- bis dreimal höher als bei heterosexuellen.

- 26% der homosexuellen Jugendlichen werden aufgrund ihrer sexuellen „Neigung“ von ihren Eltern gezwungen, von zu Hause auszuziehen.

- 83% der jungen Lesben berichten, daß sie regelmäßig Alkohol und Drogen konsumieren (68% der jungen Schwulen).

- 41% der homosexuellen Jugendlichen müssen Gewalt durch Familien, Angehörige und Fremde ertragen.

- In der BRD entscheiden sich ca. 50% aller Lesben und Schwulen, ihre Homosexualität ihr ganzes Leben lang geheimzuhalten.

(Quelle: www.eurogay.net)

Die von Heteros vermuteten Ursachen für Homosexualität (Nicht eine ist jemals bewiesen worden!)

Woher kommt eigentlich Homosexualität? Das möchten vor allem die Heteros gerne wissen, weil sie die Homosexualität ihrer Töchter und Söhne immer persönlich nehmen.

1. Genetischer Defekt
Was heißt hier Defekt? Das Abtreibungs- und Verhütungsverbot der meisten Weltreligionen und aggressiven Staatssysteme, die auf Vermehrung ihrer BürgerInnen bauen, kommt einem globalen Suizid gleich. Wäre es nicht schlau von der Natur, ein Gen kreiert zu haben, das die Übervölkerung reguliert?

2. Fehler in der Erziehung

Wären alle Menschen lesbisch oder schwul, die einem dysfunktionalen Elternhaus entstammen, gäbe es mehr staatliche Fördergelder für Kunst, Kultur und Autoreparaturwerkstätten, weil Heteros eine sexuelle Minderheit wären.

3. Schlechte Erfahrung mit dem anderen Geschlecht

In einem Patriarchat machen die wenigsten Frauen gute Erfahrungen mit Männern. Und? Haben sie dieses Unrechtssystem durch Überlaufen zum anderen Ufer ausgehungert? Nein.

Die wenigsten Schwulen haben dagegen schlechte Erfahrungen mit Frauen gemacht. Viele verdienen sich sogar mit ihrem guten Verhältnis zu Heteras den Lebensunterhalt, indem sie ihnen Parfüms verkaufen, die Haare pflegen und die Kleidung entwerfen.

4. Frühkindliches Trauma

Ein Freund von mir behauptet, daß er schon vor seiner Geburt schwul war.

Bei einem Rebirthing-Kurs meint er herausgefunden zu haben, warum seine Eltern zwar gerne erzählen, daß er den ganzen Kreißsaal zusammengebrüllt hat, aber sich über den wahren Grund dafür ausschweigen.

„Erst finde ich mich zwischen den Beinen einer nackten Frau wieder, bin völlig derangiert, und dann nimmt mir die Hebamme auch noch mein Schminktäschchen weg. Wer würde da nicht um Hilfe schreien?"

Das ist ein Trauma! Heute ist er Visagist beim Theater.

Die Sterne lügen nicht

Eine der beliebtesten lesbischen Sportarten neben Doppelkopf und Fußball ist „Heiteres Sternzeichenraten". Horoskope sind vor allem deswegen so beliebt, weil viele Lesben die Lust am Schicksal teilen und immer wieder in Konfliktsituationen geraten, deren Ausgang so fatal und peinlich ist, daß sie es lieber nicht selbst gewesen sein wollen, die eine solche Fehlentscheidung getroffen haben. Es klingt einfach besser, wenn man die eigene Dummheit mit dem Saturn-Return rechtfertigen kann. Außerdem ist es gesellschaftlich weniger anrüchig, ein „Haus" voller Leichen zu haben, anstatt die Überbleibsel sozialer Inkompetenz im eigenen Keller zu verstecken. Da ist es zum Beispiel praktisch, wenn der Mars im Widder steht, nachdem man selbst den FreundInnenkreis durch Machtkämpfe in Schutt und Asche gelegt hat. „Was soll's? Ich habe mir Geburtszeit und -ort nicht ausgesucht. So bin ich nun mal. Das ist die Destruktivität von Ares. Nicht meine."

Vor zehn Jahren genügte noch eine schlimme Kindheit, um Eigenverantwortlichkeit aus dem Weg zu gehen. Heute haben die meisten schon eine Therapie hinter sich und müssen die Ausreden daher ein wenig anspruchsvoller und mystischer formulieren, um weiter unter dem Opfermäntelchen allerhand Unfug treiben und immer noch anderen für ihr Verhalten die Schuld geben zu können. Unser Sonnensystem hat Wichtigeres zu tun, als gegen die Verleumdungen einer Erdenbewohnerin zu prozessieren.

Da kommt doch die angebliche Vorherbestimmung durch populärwissenschaftliche Astrologie sehr gelegen. Die Sterne lügen bekanntlich nie – es kommt nur darauf an, ob man sich ein Horoskop ego-kompatibel zu schönen weiß oder die richtige Zeitschrift kauft.

Einfacher als das Erlernen komplizierter Psychovokabeln ist es allemal. Im Grunde muß man nicht einmal in einem voherigen Leben Nostradamus oder Celestine gewesen sein, um die Spielregeln zu verstehen. Ausreichend sind kostengünstige Zuckertütchen mit astrologischen Lebensweisheiten, die in jedem guten Café zu Heißgetränk und Keks kredenzt werden. Natürlich ist ein Talent zum Bluffen ebenfalls von Vorteil.

Die Horoskopbesessenheit ist mittlerweile derart weit verbreitet, daß kaum eine Kontaktanzeige noch ohne die Angabe des Sternzeichens auskommt. Vor Texten wie „Löwin in den besten Jahren sucht liebevolle, treue und solide Sie zum Aufbau einer Beziehung" ist allerdings zu warnen. Astrologisch Gebildete wissen nämlich, daß sich hinter dieser Formulierung eine Frau verbirgt, die eine Freundin sucht, die nicht gleich ausflippt, wenn sie die Möbel zerkratzt oder tagelang verschwindet, und die die humanoide Großkatze auch dann noch mit Milch und Mäusen versorgt, nachdem sie zum hundertstenmal geschworen hat, daß sie sich ändern werde.

Weniger verfängliche Sternzeichenidentifizierte, die eine Frau für „alles, was Spaß macht" suchen, ob nun per Anzeige oder von Angesicht zu Angesicht, schätzen die angebliche Determinierung durch Planetenkonstellationen als konventionelles Umwerben.

Es ist immer wieder erstaunlich, wie viele „intensive" Gespräche zweier sich noch nicht bekannter Lesben nach den einleitenden Worten über Wetter und Befindlichkeit mit diesem Thema fortgeführt werden. Erschreckend dagegen ist, wie viele meinen, daß diese Form des Balzrituals tatsächlich Aufschluß über den Charakter gibt. Doch es ist nur ein Gesellschaftsspiel mit ein paar Regeln, die zu kennen so wichtig sind, wie bei Tisch nicht mit dem erfreulichen Stuhlgang des eigenen Hundes zu prahlen oder in ein leergelöffeltes Frühstücksei zu aschen.

Der Spielverlauf

Die erste Runde beginnt mit: „Welches Sternzeichen bist du?" Rückt das Gegenüber gleich mit der Antwort heraus, will sie entweder nicht mitspielen oder gleich dein Fachwissen testen. In den meisten Fällen wird sie jedoch mit „Dreimal darfst du raten!" ihrerseits das Spiel eröffnen.

Wenn du gar nicht weiterkommst, kannst du sie nach dem Element fragen (Feuer, Wasser, Luft oder Erde). Das hebt die Trefferquote von 1:12 auf 1:4, bringt aber Abzüge in der B-Note.

Landest du einen Treffer, beginnt der zweite Spielabschnitt.. Nun werden die Standardbemerkungen zu den Sonnenzeichen ausgetauscht. Danach werden Gemeinsamkeiten gesucht, um sich gleich zu den höheren Ebenen des Flirts vorzuarbeiten. Natürlich nicht bevor deine Mitspielerin dein Sternzeichen erraten hat. Die Rückrunde ist nur noch eine Formalie.

Nach dreimaligem falschen Raten darf die Gegenspielerin ihr Sternzeichen enthüllen. Du hast verloren. Aber noch kannst du dich mit einem in Gestik und Mimik präzise abgestimmten „Das hätte ich nicht gedacht" aus der Affäre ziehen. Mit ein bißchen Glück fühlt sich die Mitspielerin geschmeichelt und beendet diese Disziplin mit dem finalen Satz: „Ich bin eben keine typische Waage" oder so ähnlich.

Damit gibt sie den Weg frei für eine Ehrenrunde, in der sich ihr gekränktes Ego (wenn du zum Beispiel einen Widder für eine Waage gehalten hast – ein furchtbarer Fauxpas) wieder mit Streicheleinheiten besänftigen läßt. Am besten hilft es da, einen eleganten Bogen zu der von jeder Lesbe ersehnten Individualität innerhalb einer sexuellen Minderheit zu schlagen, indem ein schmeichlerisches „Ich passe auch in keine Schublade" in den Raum geseufzt wird. Das wirkt kleine Wunder. Denn alle behaupten von sich, in keine Schublade zu passen, was zwar eine alberne Floskel ist und nur auf Kleinkinder zutrifft, aber es scheint auch als strategisches Mittel der eigenen Anpreisung bestens zu funktionieren. Und von hinten durch die Brust ins Auge wird dem Gegenüber verständlich gemacht, daß sie etwas ganz Besonderes ist, ohne dies in einem voreiligen und durchsichtigen Kompliment direkt anzubringen.

Das etwas intimere Pendant zum Schubladenspruch im späteren Verlauf des Gesprächs wäre: „Ich mache das beste Rührei der Welt.“ Das ist genauso unoriginell, aber es funktioniert und führt sogar noch näher an das obligatorische Frühstück nach der erwünschten gemeinsamen Nacht.

Aber das dringt bereits in den Bereich ganz anderer lesbischer Sportarten ein, deren Regeln noch komplizierter sind als das Deuten von Sextilen, Trigonen und Quadraten.

Denn das Schicksal in seinem Lauf halten weder Mars noch Venus auf.

Für den Fall, daß ein Rendezvous anstehen sollte, bevor die eigene Zuckertütchensammlung komplettiert ist oder du von einer Frau überrascht wirst, die unvermutet mit dir anbändeln will, folgt eine Übersicht mit Standardphrasen zu den herkömmlichen Sternzeichen.

Widder (Feuer)

Positiv: „Immer mit dem Kopf durch die Wand!“
Negativ: „Immer mit dem Kopf durch die Wand! Ohne Sinn und Verstand – ob Rigips, Beton oder Holzvertäfelung!“

Stier (Erde)

Positiv: „Was die haben, das lassen sie nicht mehr los!“
Negativ: „Die sind so unglaublich besitzergreifend!“

Zwillinge (Luft)

Positiv: „Sehr charmant und sehr aktiv!“
Negativ: „Sehr launisch, und man kann sich glücklich schätzen, in der Terminplanung berücksichtigt zu werden!“

Krebs (Wasser)

Positiv: „Krebse sind ja so sensibel und treuherzig.“
Negativ: „Krebse sind ja so nah am Wasser gebaut.“

Löwe (Feuer)

Positiv: „Hach, auch das sind nur harmlose Miezekätzchen, wenn man sie hinter dem Ohr krault.“
Negativ: „Hauptsache, es dreht sich alles um ihre Ohren.“

Jungfrau (Erde)

Positiv: „Ihre Wohnung ist immer sehr aufgeräumt.“
Negativ: „Wehe, wenn deine Wohnung nicht auch aufgeräumt ist.“

Waage (Luft)

Positiv: „Das sind ja sehr ausgeglichene Menschen.“
Negativ: „Mein Gott, wie langweilig! Völliges Mittelmaß. Null Risikofreude.“

Skorpion (Wasser)

Positiv: Sag besser nichts (außer vielleicht uiuiuiui!), verzieh anerkennend das Gesicht und schüttel die abgeknickte rechte Hand hin und her.
Negativ: „Ihhhhhh, die sind fies!“

Schütze (Feuer)

Positiv: „Immer auf der Suche nach dem Stein der Weisen und dabei sehr mitteilungsfreudig!"
Negativ: „Die haben die Weisheit mit Löffeln gefressen."

Steinbock (Erde)

Positiv: „Oh, das sind Menschen, die auch allein sein können."
Negativ: „Sozial total unverträglich."

Wassermann (Luft)

Positiv: „Feinfühlig und schöngeistig."
Negativ: „Überkandidelte Snobs und außerdem die heimlichen Hysterikerinnen im Zodiac."

Fisch (Wasser)

Positiv: „Die schwimmen ja gerne mal gegen den Strom."
Negativ: „Wenn du sie brauchst, sind sie schwerer zu finden als eine Separatistin im Darkroom – selbst mit einer Taschenlampe."

Tips & Tricks

1. Der Aszendent (das erste Haus): Die wenigsten wissen ganz genau, was der Aszendent eigentlich bedeutet. Aber schick ist er trotzdem. Vor allem, wenn du dich beim Sonnenzeichenraten verhauen hast. Frag einfach nach dem „AC". Die Antwort ist eigentlich egal, weil du jetzt nicken und sagen kannst: „Ach, das erklärt natürlich einiges! Hab ich mir gleich gedacht, daß es da eine Dissonanz gibt."
2. Wenn deine Spielpartnerin eure Kombination nicht passend findet, konterst du mit: „Gegensätze ziehen sich an. Ich kenne eine solche Paarung, die sind schon seit zehn Jahren glücklich zusammen."
3. Gehörst du zu denjenigen, die partout nicht verlieren können, ruf vor der Verabredung eine ihrer Freundinnen an und erkundige dich nach ihrem Geburtstag. Während des Treffens bringst du das Gespräch auf Sternzeichen und läßt sie

mit der Raterei anfangen. Wenn du dann dran bist, imponierst du ihr mit deinem Wissen – natürlich kannst du das, weil du eine gute Menschenkennerin bist.

4. Spar dir dumme Witze über Jungfrauen wie „Jungfrau war ich auch mal. Da haben wir ja etwas gemeinsam!“ oder „Du bist Jungfrau? Das läßt sich ändern!“. Das ist erstens vulgär und zeugt von einem minderbemittelten Verstand, und zweitens ist dieses Sternzeichen dafür bekannt, sich sein Humorbudget gut einzuteilen.
5. Absteigende oder aufsteigende Mondknoten sind keine Anzeichen für Krebs.
6. Die negativen Bemerkungen solltest du dir für die Beschreibung der Eigenschaften von Ex-Freundinnen ebenfalls im Geiste notieren. Einen gemeinsamen Feind zu finden beschleunigt die gewünschte Vereinigung mit der Mitspielerin. Ganze politische Bewegungen und Staatsphilosophien sind auf dieser Grundlage aufgebaut. Warum also auf diesen traditionsreichen Trick verzichten?

Reinkarnation und Kaffeesatz

Jede ist beseelt von dem tiefen Wunsch, herauszufinden, womit sie das alles eigentlich verdient hat: die lästige Ex, den lausigen Job oder den Dauerstreß mit der Familie. Auf die meisten Religionen dieser Welt ist da leider kein Verlaß.

Die geben einfach dir die Schuld.

Weil du homosexuell bist.

Das finden die meisten Götter schrecklich und denken sich so gemeine Sachen aus wie hormonell bedingte Verblendung, kapitalistische Sachzwänge oder heterosexuelle Eltern.

Für sogenannte Rückführungen wird ein Heidengeld ausgegeben, nur um sich daran zu erinnern, wie die bizarre Welt um uns herum zu erklären ist. Besonders die spirituell bewußten Lesben haben aus den Zeitreisen ein Hobby gemacht.

Zugegeben, es ist ungeheuer romantisch und verführerisch, wenn dir die Frau, die du vor zwei Wochen zum ersten Mal getroffen hast, ins Ohr haucht: „Ich habe das Gefühl, dich schon ganz lange zu kennen.“ Nur sehr logisch veranlagte Gemüter kommen dann mit dem Ursache-Wirkungs-Prinzip daher und hegen in so einem zärtlichen Augenblick berechtigte Zweifel. Denn wenn sie wirklich schon so oft deinen Weg gekreuzt hätte, wüßte sie, daß *du* ihr im letzten Leben ständig den Muckefuck ans Strohlager gebracht hast und daß *sie* jetzt mal damit dran ist. Aber das mußt du ihr gar nicht sagen – warum läßt du nicht die Zeit für dich arbeiten und sie ins karmische Messer laufen? Schließlich wird sie in ein paar Monaten deine Ex sein, der du jeden Morgen das Frühstück bereitet hast, während sie dich dafür mit ihrem Hund hat Gassi gehen lassen.

Karma ist eine gerechte Sache. Das lernt man in jedem Taschenbuch aus den erfolgreichen Esoterikreihen großer Verlage. Bevor du also in Versuchung gerätst, ihren Köter an dubiose Tierhändler zu verscheuern, solltest du dich entspannen. Da die besagte Ex es auch in diesem Leben wieder nicht über sich gebracht hat, dir den Kaffee ans Bett zu bringen, wird sie in ihrer nächsten Inkarnation auf pestizidverseuchten Plantagen für Menschen, deren Leidenschaft Kaffee ist, Bohnen pflücken müssen, bis sie unter einem Tschibo-Sack zusammenbricht.

Trotz dieser göttlichen Versicherungspolice möchte man das Schicksal bitten, wenigstens einmal gerecht zu sein und die Ex-Freundin für die nächsten zwei Reinkarnationen zu sperren, und sie erst dann wieder ins Spiel des irdischen Daseins zu bringen, wenn man selbst schon erleuchtet über dem Himalaja schwebt und miterleben kann, wie sie ihr verpfuschtes Leben im Schnabel einer Schwarzdrossel aushaucht. Mit diesem sympathischen Singvogel arbeitet sie dann für die nächsten sechs Leben ihre Opfer-Täter-Struktur auf, während du selbst gütig lächelnd in der Südkurve des Nirvanas selig meditierst: „Buh! Diese abseitigen Tricks hat sie bei mir auch immer versucht! Laß dich nicht einwickeln!“

Das wäre doch schön, oder?

Daher ist vielen der Buddhismus so sympathisch, weil man Rabattmarken bei der Karma-Zentrale sammeln kann. Für zweimal Wange hinhalten muß man die doofe Kuh von Ex-Freundin nie mehr treffen, zumindest nicht im nächsten Leben, und bekommt dafür vielleicht eine nette Langzeitbeziehung noch in diesem.

Das kann das Christentum nicht bieten. Die Protestanten lassen sich verhauen und müssen dafür mit schmerzenden Backen in den Himmel. Die Katholiken fahren sich gleich eine dicke Schramme ins Karma und schlagen alttestamentarisch zurück. Dafür landen sie wenigstens in der Hölle, wo sie ungestört trinken, huren und karnevalistischen Frohsinn verbreiten dürfen.

Aber warum sich einer Weltreligion anschließen, wenn es auch schicker geht? Es gibt doch genügend Ersatzideologien und Gurus, die dir per kostspieliger Dienstleistung aus dem Kaffeesatz vorbuchstabieren, daß du eigentlich ein gutes Wesen bist.

So viel Persönlichkeit, wie man sich im New Age kaufen kann, wird ein Durchschnittsmensch im ganzen Leben nicht verdienen – auch dann nicht, wenn man sich mit den Augen und Zähnen anderer eine Ehrenrunde eingebrockt hat. Und gemäß der freien Religionsmarktwirtschaft ist es sogar möglich, sich eine ego-kompatible Ganzheitlichkeit zusammenzustellen.

Verwunderlich ist nur, daß die Geschichten, die einige aus ihren früheren Leben zu erzählen wissen, sich immer wie die Eckdaten aus dem Geschichtsunterricht anhören. Um die eigene Vita ein wenig interessanter zu gestalten, als sie eigentlich ist, braucht es nur ein paar tausend Mark und einige Stunden bei einer selbsternannten Schamanin mit dubiosem Namen, den sie angeblich von einer weisen Cree-Frau bekommen hat. Wahrscheinlich würden sich die zur Zeit so angesagten „Indianer“ aber vor Lachen auf dem staubigen Boden ihres Reservats wälzen, weil sich diese angeblich spirituelle Lehrerin in ihrer Stammessprache „Dusseliges Bleichgesicht mit zuviel Kohle“ nennt. Das wissen die Esoterikbegeisterten nur nicht. Heutzutage reichen ein Pendel, ein bißchen Abrakadabra und eine durchschnittliche Schulbildung aus, um sich damit den Lebensunterhalt verdienen zu können.

Besonders häufig wollen die reisefreudigen Zeitenbummlerinnen und glücklichen Kundinnen während der Inquisition, der Französischen Revolution oder im alten Ägypten gelebt haben. Selten sind obersteyrische Mägde oder prähistorische Quastenflosser zu finden. Die geben für den Lebenslauf nichts her. Da hatten langweilige Sparkassenangestellte lieber ein wildes Leben als Piratin, Sozialhilfeempfängerinnen waren eine Baroness in Cornwall, und Autolackiermeisterinnen haben in einem Dorf

Warzen besprochen und den neusten Hit von Hildegard von Bingen vor sich hingeträllert. Möglich ist einfach alles, wenn die Story pfiffig ist.

Also, wenn sich demnächst eine über deine unoriginellen Witze beschwert und beteuert, daß sie vom Dinosaurier gefallen ist, als sie die Pointe zum ersten Mal hörte, zeige Demut gegenüber der Weltgeschichte – es könnte die Wahrheit sein.

Sind wir nicht alle ein bißchen Kleopatra?

Reinkarnations-Charts

Beliebt sind

1. Weise Frau
2. Delphin
3. Katze
4. Hildegard von Bingen

Unbeliebt dagegen

1. Ötzi
2. Fichtenkreuzschnabel
3. Quastenflosser
4. Charles Manson

Zukünftig beliebt

1. k.d. lang
2. Jodie Foster
3. Ulrike Folkerts
4. Katze

Zukünftig unbeliebt

1. Gerhard Schröder
2. Verona Feldbusch
3. Schnake
4. Ex-Freundin

Das lesbische Verschmelzungssyndrom

„Was sagt eine Lesbe zu einer anderen, nachdem sie zum ersten Mal Sex hatten? Wir müssen den Wecker noch auf acht Uhr stellen. Dann kommt der Umzugswagen."

Mittels Druck und Körperwärme wird aus einer Konfusion eine Kernfusion. (Blixa Bargeld)

Phasen einer Ehe

Wochenlanges Umeinanderher-Schleichen: Freundinnen und Feindinnen werden gleichermaßen über die Gewohnheiten und Stammkneipen der Umworbenen ausgefragt. Was mag sie? Wo kommt sie her? Aber eigentlich ist nur eines interessant: Hat sie schon eine Freundin? Bei gegenseitigem Interesse werden sie sich wochenlang auf Partys zulächeln, bis endlich eine gemeinsame Bekannte engagiert werden kann, um die beiden zukünftigen Geliebten einander vorzustellen. Die Schweigepausen sind noch unerträglich, weil keine sich mit einem Fauxpas blamieren will.

Das erste Date: Die Lebensgeschichten werden in einem Restaurant oder in einer Kneipe ausgetauscht, in der sich garantiert keine Szene befindet, damit sie ungestört bleiben. Sollte es nicht klappen mit dem Tête-à-tête, und der letzte Kaffee bei einer der beiden zu Hause fällt aus, wird niemand von dieser Niederlage erfahren. Während des ersten längeren Gesprächs wird sich das Pärchen in spe mehrmals versichern, die „Szene“ nicht so sehr zu mögen, weil da immer so viel getratscht wird. Wenn alles nach Plan verläuft, wird jede direkt am nächsten Morgen alle ihre Freundinnen anrufen, die dann eine inoffizielle Telefonkette auslösen, um die frohe Kunde zu verbreiten. Wieder sind zwei Singles vom Markt.

Die erste Nacht: Sie haben Sex. Jetzt sind sie ein Paar. Auch wenn die Liebelei nur zwei Wochen dauert, werden sie später voneinander behaupten, sie hätten eine Beziehung gehabt. Denn Lesben haben keinen Geschlechtsverkehr vor der Hochzeit. Jetzt heißt es endgültig für alle anderen: „Sie gehört mir. Finger weg!“

Der Honigmond: Stundenlange Telefonate, unpünktliches Erscheinen auf der Arbeit, Verschusseln von Verabredungen mit FreundInnen und natürlich Sex, Sex, Sex. Bei Szenefestivitäten strahlen die frisch Getrauten wie die Honigkuchenpferde, küssen, wo sie gehen und stehen, aber behalten ihr Umfeld mißtrauisch im Auge. Noch sind sie sich ihrer Sache nicht so sicher. Daher wird die Liebste schon mal besitzergreifend und öffentlichkeitswirksam geküßt, wenn sich eine potentielle Konkurrentin nähert.

Eine gemeinsame Wohnung: Warum Miete für zwei Wohnungen bezahlen, wenn sowieso immer nur die genutzt wird, die gerade aufgeräumt ist. Außerdem entlastet das die Telefonrechnung. Natürlich hat diese Entscheidung rein gar nichts mit Kontrolle zu tun, wenn die eine praktischerweise immer weiß, wo sich die andere aufhält, von wem sie Post bekommt und mit wem sie telefoniert.

Das Ich wird zu Wir: Deine Mitesser sind plötzlich auch ihre. Ebenso gibt es nur noch unsere Lieblingspullover. Socken und

Unterhosen werden geteilt. Die Vornamen werden in „Schatz“ und „Liebling“ geändert.

Die Freundinnen verwahrlosen: Erst rufen sie noch an und wollen sich mit einer von beiden verabreden. „Wir“ haben aber schon was vor, oder „wir“ wollten mal wieder ein Wochenende ganz für „uns“ allein haben. Fortan haben sie jedes Wochenende für sich allein. Die Freundinnen haben die Nase gestrichen voll von Urlaubsfotos und den öden Schilderungen von Beziehungseinkäufen. „Wir“ bekommen jetzt nämlich ein größeres Auto.

Eine Katze wird angeschafft: Schritt eins zum bisher unerfüllten Kinderwunsch. Es ist einfach kuscheliger, etwas Lebendigeres um sich zu haben als immer nur Ikea-Möbel. Erste Streitereien brechen aus: „Deine Katze hat auf meinen Teppich gekotzt!“ „Wieso meine Katze, du wolltest doch unbedingt ein Haustier! Und wieso eigentlich dein Teppich? Den habe ich bezahlt!“ usw.

Sie geben Sex auf: Nähe wird jetzt angeblich wichtiger. Alltagsbewältigung und Katzenpflege sind Fulltimejobs, besonders wenn Mieze während des bloßen Versuchs, Sex zu haben, damit beginnt, die Polstermöbel zu zerfetzen. Außerdem, welche will noch Erotik, nachdem frau zusammen bereits den ganzen Abend das deutsche Fernsehprogramm durchgezappt hat? Und schließlich muß am nächsten Morgen früh aufgestanden werden. Brötchen und Brekkies verdienen sich nicht von allein. Und am Wochenende fahren „wir“ zu den Eltern. Hin und wieder wird der Austausch von Körperflüssigkeiten noch vermißt – aber nur selten. Stellt dies doch ein Problem dar, wird sich das Pärchen diverse Ratgeber kaufen und bis zum Morgengrauen ausdiskutieren, ob sie sich nun Sextoys kaufen oder glauben sollen, daß ihre Beziehung mittlerweile über so niedere Instinkte erhaben ist.

Sie legen sich einen Single zur kostenlosen Paartherapie zu: Nachdem sich keine mehr an den Namen ihrer früheren Freundinnen erinnern kann, gabeln sie auf irgendeiner Party eine Singlelesbe auf. Fortan wird diese Neuanschaffung am Sonntagnachmittag mit selbstgemachtem Kuchen vollgestopft oder zu den Sehenswürdigkeiten der Umgebung gescheucht. Familiäres Glück braucht in einer instabilen Außenwelt wie dieser Zeuginnen. Außerdem lenkt die Pflege einer Alleinstehenden von den eigenen Problemen ab. Zumal es doch ein gutes Werk ist, einsamen Menschen ein wenig familiären Halt zu geben.

Die Katze kommt ins Heim: Sie bekommen ein Gayby. Das Kind wollen sie natürlich nicht einer eventuellen Allergie, Toxoplasmose oder den eifersüchtigen Krallen des Stubentigers aussetzen. Alle anderen Lesben im Umkreis haben bereits Haustiere oder Kleinkinder. So bleibt nur noch ein Tierheim, das ja schließlich auch von ihren Steuern finanziert wird.

Sie ziehen in ein Reihenhaus: Das Kind soll in einer „normalen“ Umgebung und in einer „normalen“ Nachbarschaft groß werden. Brutpflege und Broterwerb sind nun die wichtigsten Bestandteile ihrer Beziehung. Bekannten gegenüber erzählen sie, daß sie sich all diese Jahre so sehr lieben konnten, weil sie gelernt haben, auch gemeinsam zu schweigen.

Sie lassen sich zusammennähen: Damit „Schatz“ immer dort sein kann, wo „Liebling“ auch ist – bis daß eine andere sie scheidet.

Single sein

dagegen sehr

Singlesein ist viel mehr als der Schwebezustand in den vierwöchigen Pausen zwischen den Lebensgemeinschaften. Es ist harte Arbeit ohne Dank und Ruhm. Außerdem sind Singles die nützlichsten unter den unbezahlten Sozialarbeiterinnen.

Mitten in der Nacht werden die alleinstehenden Damen von liierten Freundinnen angerufen, um sich mit dramatischen Schilderungen von Beziehungskrisen und Eifersüchteleien Nerven und Schlaf rauben zu lassen. Die einleitende Frage „Was machst du gerade? Ich hoffe, ich störe nicht" ist bloße Rhetorik, denn eine Antwort wird sowieso nicht erwartet. Was hat eine Singlelesbe denn schon Großartiges zu tun, außer im Schaukelstuhl mit einem Buch hospitalistisch vor sich hin zu wippen? Oder ihre Einzimmerwohnung aufzuräumen, damit die fünf Katzen nicht die Orientierung verlieren?

Es ist eine Tatsache, daß sich jede lesbische Beziehung früher oder später einen Single zulegt. Hinter jeder (noch) funktionierenden Beziehung steht sozusagen eine starke Singlelesbe, denn die eigentlichen Freundinnen der Liierten haben längst das Weite gesucht. Ein lesbisches Lebensglück braucht Zeuginnen – oder wenigstens eine, die sich dafür interessiert. Irgendeine muß ja den Pausenclown spielen, wenn das glückliche Paar mal nicht zusammen sein kann. In der Szene ist neuerdings sogenanntes Kistigsein verpönt, daher liefert die Beziehungszeugin, die eiligst am Wochenende auf einen Ausflug mit Kaffee und Kuchen verschleppt wurde, den Gegenbeweis für die Exklusivität. Praktisch! „Wir" kleben nämlich nicht ständig aufeinander, „wir" unternehmen nämlich gerne etwas mit Freundinnen.

Natürlich kann eine Junggesellin auch ihre Nützlichkeit für ein Pärchen verlieren und ebenfalls als Duo auftauchen. Genauso kann eine Doppellesbe sich über Nacht in ein freischwebendes Radikal verwandeln. Darin liegt eine gewisse poetische Gerechtigkeit im lesbischen Bindungsreigen. Jede muß sich irgendwann einmal von einem nahestehenden Symbionten das abgedroschene „Ich beneide dich. Du hast so viele Freiheiten. Du mußt niemandem Rechenschaft ablegen" anhören.

Was natürlich völliger Blödsinn ist.

Eine Singlelesbe muß sehr wohl Rede und Antwort stehen. Zum Beispiel, wo sie denn war, unmittelbar nachdem in der ehelichen Idylle Teller und Tassen geflogen sind. Womöglich war sie mit irgend so einer Dahergelaufenen unterwegs, als sich ihre einzig gute Freundin auf der Welt mit **D**istanz**N**ähe**S**ex-Spasmen – den genetisch bedingten Grundleiden einer jeden Lesbe – auf dem Futon krümmte. Das inoffizielle bessere Drittel der Verbindung wird natürlich den Teufel tun und erzählen, daß sie sich zu Hause mit *Tomb Raider* am Computer vergnügt hat und einfach nicht ans Telefon gegangen ist, weil Lara Croft sonst womöglich von einem T-Rex gefressen worden wäre. Und das ist schließlich noch verantwortungsloser, als die verheulte Freundin mit im Aschenbecher kokelnden Urlaubsfotos aus den Hochzeiten der Beziehung im Selbstmitleid ertrinken zu lassen.

Professionelle Singles wissen aus Erfahrung, daß es zu den verbrannten Bildern immer noch die penibel archivierten Negative gibt. Lesbenspektakel wie „Wenn deine blöde Ex noch mal mit meinem Motorrad fährt, laß ich mich scheiden!" oder „Wenn dir ausgerechnet an diesem Samstag das WM-Endspiel wichtiger ist als unser Halbjahrestag, dann trenne ich mich!" sind hauptsächlich Schall und vielleicht auch ein bißchen Rauch. Außerdem machen sich Lesben bei ernstgemeinten Trennungen sicherlich nicht mehr die Mühe, ausgiebige problemorientierte Gespräche zu führen oder sich komplizierte Ausreden einfallen zu lassen. Sie rennen einfach mit einer anderen davon und lassen die Möbel während der Arbeitszeit der Verlassenen abholen.

Hat eine Singlelesbe erst einmal einen gewissen Reifungsprozeß durchgemacht und genießt es, morgens keine zwei Tassen Kaffee zu kochen oder um den Sportteil der Zeitung betteln zu müssen, ist sie auch als zuverlässiges Trennungsmittel sehr beliebt, da lesbische Lebensabschnittsgefährtinnen die Eigenart haben, sich oft nicht aus eigener Kraft trennen zu können.

Da kommt es doch recht gelegen, daß die angeblichen alten Jungfern auch gewissen Grundbedürfnissen wie Schlafen, Essen und Geschlechtsverkehr unterliegen. Die vom lesbischen Bettod angemoderten Damen lauern nur so darauf, sich von einer passionierten Alleinstehenden verführen zu lassen. Schuld war hinterher natürlich weder der Bossa Nova noch die sexmuffelige Gattin, sondern der lüsterne Single. Ganz einfach.

Sex mit einer Ehelichen ist eine nicht zu verzeihende, teuflische Einmischung in das Heiligste unter den vergänglichen Lesbenwerten. Daß immer noch zwei dazu gehören, einen Ehebruch zu veranstalten, hat noch nie Gehör bei der Betrogenen gefunden. Folgerichtig entsteht daraus eine Beziehungskrise. Das ehemals glückliche Pärchen hat einen Grund, für immer Schluß zu machen, reuevoll für kurze Zeit wieder zusammenzukommen und dann miteinander zu brechen, weil das mit dem zerstörten Vertrauen einfach so nicht geht.

In den meisten Fällen wird danach eine neue moralisch einwandfreie Einzelfreundin engagiert, nachdem der absichtlich integrierte Fehler im Beziehungssystem – die alte Singlelesbe – ihre letzte Aufgabe erfüllt hat. Die erste Probe des Azubis wird es sein, die Trennung beider therapeutisch durch die verzweifelten und rotweinlastigen Abende zu begleiten. Wenn sie das durchhält, wird sie zur würdigen Nachfolgerin befördert und darf bald ihr eigenes Paarprojekt betreuen. Denn die Lesben, die am lautesten flennen „Ich werde nie wieder eine Frau so sehr lieben wie sie!“, haben sich am schnellsten eine neue angelacht.

Oftmals wird es sogar die neu erworbene Trennungsbegleiterin sein, die eine neue Liebe für ihre Freundin ins Spiel bringt, weil sie das Gejammere nicht mehr ertragen kann. Wenn sie ursprünglich dabei an sich gedacht hat, sind ihr die Spielregeln entweder nicht bekannt oder sie ist noch zu unerfahren in ihrem Job. Freundinnen, deren Schultern naßgeweint werden, kommen eher selten bis gar nicht als künftige Geliebte in Betracht.

Irgendwo sitzt dann die gekündigte Vorgängerin der neuen Singlelesbe, von allem Pärchenterror befreit, und kann sich ihre Freizeit endlich wieder selbst einteilen.

Kinder-Wahnsinn

Welche noch denkt, „Ihr Kinderlein kommet“ fängt in der Weihnachtszeit an und hört mit ihr wieder auf, ist leider völlig schief gewickelt. Nein, er ist mitten unter uns, der Babyboom in der weiblichen Hälfte der invertierten Gesellschaft. Bisher galt es noch als äußerst heterosexuell, Kinder in die Welt zu setzen. Lesben schaffen sich normalerweise Haustiere an oder werden Hebammen, um ihren Kinderwunsch zu kompensieren.

Damit ist nun Schluß. „Ob Kinder oder keine, entscheiden wir alleine“ – die Forderung frauenbewegter Befürworterinnen der Streichung des Abtreibungsparagraphen 218 hat eine neue Dimension erreicht. Bisher lag die Betonung eher auf *keine*. Aber jedes Jahr feiern immer mehr lesbische Mütter zusammen mit der katholischen Kirche und Michael Jackson den Weltkindertag.

Meine Freundin und ich kommen uns da manchmal vor wie eine vom Aussterben bedrohte Art. Direkt zu Beginn unserer Beziehung haben wir uns mit viel Gedruckse und Geräusper gestanden, neuen Familienkonzepten und selbstgebasteltem Nachwuchs zwar große Sympathie entgegenbringen zu können, aber nicht unsere Geburtskanäle und unser Freizeitverhalten damit belasten zu wollen. Unser schwaches Bindegewebe und der Hang zum Durchschlafen bestärken uns darin. Zur Zeit diskutieren wir meinen unerfüllten Katzenwunsch aus.

Um ganz ehrlich zu sein: Ich kann Kinder nicht besonders gut leiden, zumindest nicht die ersten paar Jahre. Unter dem olfaktorischen Einfluß von vollen Windeln würde ich jederzeit Unterschriften für den gentechnologischen Fortschritt sammeln, wenn dieser es nur ermöglichen würde, die kleinen, süßen Hosenscheißer erst dann aufzutauen, wenn sie schon stubenrein sind. Als ich im betagten Alter von 27 zum erstenmal ein frisches Menschlein im Arm hatte, war ich sogar dankbar für den Hinweis, daß Säuglinge ihren Kopf noch nicht selbständig halten können. Jedes kleine Mädchen, bei dem die weibliche Sozialisation nicht vollends fehlgeschlagen ist, weiß so etwas. Ich nicht. Wahrscheinlich hätte ich das Kleinkind sogar umgehend seiner Mutter zurückgegeben und gesagt: „Das ist kaputt. Da fällt ja der Kopf ständig runter!“

Natürlich läßt es mich nicht ganz kalt, wenn ich in einem Kaufhaus Windeln sehe, die allen Ernstes „Rennhamster GTI“ heißen. Nur frohlocke ich vor allem bei dem Gedanken an kleine Nagetiere, die aussehen wie Michael Schuhmacher.

Bisher war ich immer ein wenig stolz darauf, von Brutpflege rein gar nichts zu verstehen. Vor allem war ich damit nicht allein. Die meisten Lesben sahen sich in der Tradition von Hexen und Weisen Frauen, die bekanntermaßen eher zu schwarzen Raben oder Warzenbesprechen tendierten und Kinder nur gut abgehangen mochten. Das ist nun vorbei. Plötzlich ticken in meinem lesbischen Umfeld die biologischen Uhren lauter, als ein zahnendes Baby jemals krakeelen könnte.

Neulich erfuhr ich bei einem Tresengespräch von einer Bekannten, daß ihre Ex „geferkelt“ hätte. Da ich auch von den Begrifflichkeiten der Reproduktion organischen Lebens wenig Ahnung habe, fragte ich nach, ob sie damit andeuten wolle, daß ihre Ex etwas abseitigen Sex gehabt hätte. „Wenn du das meinst, was sie vor neun Monaten gemacht hat, kannst du das so nennen. Mit mir wollte sie sich nie fortpflanzen!" beschwerte sie sich ausgerechnet bei mir. Jetzt müsse sie sich um des lieben Friedens willen nicht nur den Geburtstag derjenigen merken, wegen der sie plötzlich zum Single wurde, sondern auch noch den des Blages.

Die kleinen Homomanufakturen, vor allem in den USA, haben sich bereits auf die wachsende Nachfrage an Mitbringseln für frischgebackene lesbische Mütter eingestellt. Da gibt es neben nervtötenden Regenbogenrasseln auch Regenbogenzahnringe aus Gummi, damit das Kleine nicht immer an Muttis Metallkette kauen muß oder ihr aus Langeweile die Piercings aus diversen Körperteilen reißt. Solch kleine Gaben kommen besser an, als aus Verlegenheit eins dieser gruseligen Mutter-Baby-Bücher zu verschenken, die lauter perfekt geschminkte Frauen mit perfekt weißem Gebiß zeigen, wie sie ihr Neugeborenes anlächeln, als hätte ihr Leben zuvor keinen Sinn gemacht. Die hiesige Verlagsszene ist da leider pränatal und läßt uns auf sinnvolle Knigge wie „Hilfe, meine Tochter wird ein Macker!" noch warten. Also bleibt auch den Kessen Onkels und Tanten der Gang in die Kinderkonfektionsabteilungen der Kaufhäuser nicht erspart, wenn sie sich finanziell ein wenig nützlich machen wollen.

Denn ganz billig sind Kinder ja nun nicht. Allein schon die Erstausstattung läßt ein durchschnittliches Mütterkollektiv frühzeitig ergrauen. Als Altersvorsorge sind Kinder jedenfalls eine Fehlinvestition. Die zweibeinigen laufenden Kosten lümmeln sich erst dann nicht mehr auf der Haushaltskasse, wenn sie nach zwanzig Semestern das Studium schmeißen und eigene Sozialhilfe beantragen – das heißt, wenn diese bis dahin noch nicht abgeschafft ist. Rein statistisch gibt es erst bei fünf Kindern eine Chance, daß dich eins mal durchbringt.

Also, wer soll das bezahlen? Richtig! Die eigenen Eltern! Spätestens wenn die Saure-Gurken-mit-Nutella-Zeit beginnt, sollten die verblichenen Kontakte zur eigenen biologischen Familie wieder aufgefrischt werden. Ein „Mama, ich bin schwanger!" wirkt da wahre Wunder. Nach der anfänglichen Enttäuschung darüber, daß die mißratene Tochter nun doch keinen Schwiegersohn gefunden hat, werden die heterosexuellen Großeltern in spe noch ein wenig zicken, daß das ja nichts werden kann, wenn zwei Frauen, so ganz ohne Mann und so.

Aber dafür gibt es ein schlagendes Argument. Bei dem zahlenmäßigen Verhälnis Heteros/Homos in der Weltbevölkerung ist es sehr viel wahrscheinlicher, daß zukünftige Serienkiller und Staatspolitiker aus heterosexuellen Familien kommen. Und diese Berufsgruppen sind berüchtigt für ihre kriminellen Vorlieben. Durchschnittshomos sind bekanntlich so sehr damit beschäftigt, „völlig normal" zu sein, daß für die Verbrechensplanung gar keine Zeit bleibt. Das sollten homophobe Eltern mal bedenken, bevor sie bei einem Coming-out „Wie kannst du nur zu diesem Gesocks gehören wollen? Du bist doch unser Kind!" schreien. Es hätte immer noch schlimmer kommen können.

Außerdem sollten Oma und Opa des werdenden Gaybys eigentlich damit zu entwaffnen sein, daß sie die Hoffnung auf Enkelkinder zu früh begraben haben. Wahrscheinlich werden sie sich sogar aus purem Trotz ein Haustier gekauft haben, dem jetzt natürlich mehr erlaubt wird als der werdenden Mutter damals. Es scheint ein Naturgesetz zu sein, daß Eltern zwar äußert verstockt reagieren können, was die eigene Tochter betrifft, aber sie werden auch in ihrer Jugend mehr Spaß bei ihren eigenen Großeltern gehabt haben – so etwas verpflichtet. Jetzt sind sie damit an der Reihe, die Zwerge länger fernsehen zu lassen und jedes erdenkliche Kriegsspielzeug zu kaufen, das die Mutter verboten hat.

Es ist schon ulkig. Alleinstehende Heteras bekommen von *Brigitte* oder *Freundin* heutzutage metaphorische Medaillen verliehen, wenn sie ein Kind adoptieren, weil überall auf der Welt die Kinderheime überfüllter sind als die AsylantInnencontainer in diesem Land. Madonna wurde zur Heldin der Frauenzeitschriften, weil sie ihrer kleinen Lourdes-Marie keinen Vater zumuten will. Jodie Foster hat sich selbst ein Kind gespritzt, aber läßt ihre Lebensgefährtin zwar nachts aufstehen, wenn der kleine Charles schreit, doch nicht an den Erziehungsentscheidungen teilhaben. Und Melissa Etheridge hat mittlerweile zwei Schreilinge zu versorgen. Aber ist es nur das diskriminierende Adoptionsrecht in der BRD, das Lesben mit Kinderwunsch davon abhält, die Waisenhäuser zu entlasten?

Sicher nicht.

In Ermangelung eines Mannes, dem wir für das kostenlose Heimwerkeln die Stullen schmieren müssen, basteln wir lieber alles selbst. Von Ikea-Regalen, Motoren, Wärmflaschen mit Drachenmotiven, von Trommeln bis hin zu partnerschaftlichen Problemen – wir schaffen alles im Eigenbau. Warum also vor Kindern kapitulieren?

Nun ja, jeder ihr Hobby und allen ihre Projekte.

Meine Freundin und ich haben jedenfalls beschlossen, uns erst als Gaybysitterinnen zur Verfügung zu stellen, wenn die Lauser und Lauserinnen alt genug sind, unsere Katzen zu hüten. Dann passen die Kinder auch nicht mehr in Mikrowellen und führen uns nicht in Versuchung.

Du bist auf einen sonntäglichen Kaffee bei einer frischgebackenen Mutter eingeladen. Benimm dich, und sag vor allem niemals solche Dinge wie:

„Darf ich mal reinbeißen?"
„Das ist so klein, das paßt ja aufrecht in den Spargeltopf!"
„Kann man das irgendwo leiser drehen?"
„Mach das weg. Das stinkt."
„Ist das häßlich!"

Habt ihr das selbst gemacht?

Auch wenn die Zeiten sich geändert haben und es irgendwie uncool geworden ist, sich vor Körperflüssigkeiten zu ekeln, soll an dieser Stelle nochmals ausdrücklich betont werden: Es ist dein gutes Recht, Sperma gnadenlos widerlich und total überflüssig zu finden. Du bist schließlich eine Lesbe!

Wenn dir bei dem Gedanken daran übel wird, solltest du eine Adoption erwägen. Oder dir einen schlauen Weg ausdenken, wie du unbefleckt an ein Kind kommst. Denn irgendwie muß das

Zeugs ja an deine Ovarien. Parthenogenese ist eine höchst komplizierte Angelegenheit, und die Rezepte dazu wird der Vatikan garantiert nicht rausrücken.

In Deutschland ist künstliche Insemination immer noch illegal bzw. nur unter gesetzlichen und völlig lächerlichen Einschränkungen einigen privilegierten Heteras erlaubt, die vorher ausreichend in Talkshows geflennt haben.

Also wie kommt die Jungfrau zum Kind? Wie kommt die Lesbe zum Sperma? Maria hilf!

Die Zukunft: Das Ende der Spermabeschaffungskriminalität

Nicht mehr lange, und es werden Samenbänke exklusiv für Lesben in jeder größeren Stadt eingerichtet. Schwule Männer müssen dann nicht mehr ein Drittel ihres Monatseinkommens für Pornovideos ausgeben: Die bekommen sie kostenlos von einer Hebammenschülerin, die sich in sinnvoller Umgebung die Zukunft sichert, mit einem aufmunternden „Und ja nicht kleckern, Jungs!" in die Hand gedrückt. Das wäre auf jeden Fall zukunftsorientierter, als bei Jack-off-Partys Sperma zu verschleudern und es hinterher mit den Tennissocken aufzusaugen. Auch würde dies so mancher Lesbe das Gejammer ihrer schwulen Freunde über ihren sinnentleerten Freizeitspaß ersparen. An Möglichkeiten mangelt es den Jungs jedenfalls nicht, uns aktiver zu unterstützen, als immer nur ein „lesbisch" vor den eigenen schwulen Verein zu plazieren, damit mehr Gelder für Faxgeräte beantragt werden können.

Die Gegenwart: Selbst ist die Mutter

Künstliche Insemination

Spermaspende von einem schwulen Freund

Vorteil: Wenn das stimmt mit dem Homo-Gen und es sich doch vererbt, können wir unsere eigene Homozucht aufmachen.

Nachteil: lesbisch-schwule Bündnispolitik steckt ebenso wie das Genomprojekt noch in den Kinderschuhen. Vielleicht bekommst du kein Kind, sondern ein Handy.

Spermaspende von einem heterosexuellen Freund
Vorteil: Heteromänner können sich ausnahmsweise sinnvoll einbringen und hinterher guten Gewissens verschwinden.
Nachteil: Vater Staat könnte versuchen, sich sinnvoll einzubringen, falls der biologische Vater sein Verschwinden bedauern sollte.

Spermaspende von einem unbekannten Mann
Vorteil: Wenn dein Kind dich eines Tages fragt, wer eigentlich der Vater ist, kannst du immer noch sagen, es war Brad Pitt.
Nachteil: Es könnte von Brad Pitt sein. Denk mal an die tollen Alimente, die dir durch die Lappen gehen!

Konventioneller Geschlechtsverkehr
Mit einem heterosexuellen Mann
Vorteil: Eine herkömmliche Masturbationsphantasie dauert auch nicht länger.
Nachteil: Haben wir dafür gekämpft?

Mit einem schwulen Mann
Vorteil: Lesbisch-schwule Bündnis*arbeit* ist total hip.
Nachteil: Du mußt dir erst ein Brusthaartoupet ankleben oder einen Tom of Finland-Bildband aufs Gesicht legen, damit er einen hochkriegt.

Bluten 2000

Die Geschichte der Menstruation ist eine Geschichte voller Mißverständnisse. Soviel wissen wir schon seit Jahren aus der Fernsehwerbung. Aber bei der Geschichte der lesbischen Menstruation muß es sich einfach um einen Irrtum handeln. Womit haben ausgerechnet wir das verdient? Das ist unfair, unfair, unfair! Tut weh, macht Pickel und schlechte Laune. Außerdem wird sich wohl keine Lesbe der Welt ernsthaft darüber freuen, wenn ihre Unterhose zum roten Tuch wird. Kindergebären ist auch nicht gerade ein sehr sapphisches Hobby. Da muß man sich doch fragen, wozu brauchen wir das?

Eine Zeitlang durfte frau ja nicht laut zugeben, die weise Wunde Menstruation abgrundtief grauenhaft zu finden, ohne gleich in den schwerwiegenden Verdacht zu geraten, ein therapierungsbedürftiges Problem mit der eigenen Weiblichkeit zu haben. Jedes Frauenprojekt machte ein vielfältiges Gedöns um Mondblutfeiern, Menstruationszyklentänze und Blutrituale auf Wald und Wiese. Die Erzählungen von Menstruationshütten oder Mensdeckchen klingen mitunter so phantastisch, daß man nur hoffen kann, daß es sich um Gerüchte handelt und sich die Damen in den Programmbeschreibungen der Frauenferienhäuser verdruckt haben. Das glaubt einem in diesem Teil der Welt doch kein Mensch. Ich zumindest gebe einem guten Fernsehprogramm und Schokoladenbergen gegenüber Trommeln und muffigen Fellen den Vorzug. Eine Laune der Natur reicht völlig!

Ebensowenig beliebt wie eine Protesthaltung gegen die monatlich geregelten Blutergüsse sind Schmerztabletten. Kaum eine Menstruierende kann sich der guten Ratschläge erwehren, die sich bei diesem angeblich freudigen Anlaß über sie ergießen: Frauenmanteltee, abenteuerliche Mixturen, rote Blumen ins Zimmer stellen oder in den Garten bluten und dort Kräuter kultivieren.

Mal ehrlich. Wie viele dieser Blutberauschten haben sich vorher noch ein paar Aspirin, Ibuprofen, Paracetamol oder so eingeworfen, um an den alternativen Periodenfeiern teilzunehmen? Schließlich ist es doch sehr unweiblich, kurz vor dem Erythrozytenschwof bei Freundin Gisela anzurufen und sich zu entschuldigen: „Ich kann leider heute abend den Zyklus nicht tanzen. Ich habe meine Tage."

Menstruieren ist nur dann praktisch, wenn man blaumachen oder sich vor problemorientierten Beziehungsgesprächen drücken kann. Unpraktisch dagegen ist, daß diese Ausrede nur einmal im Monat funktioniert. Aber wie den Interimstampon für die Tage zwischen den Tagen gibt es dafür auch das Alibi für die Tage zwischen den Tagen: die allseits beliebte Vermeidungsstrategie PMS.

Das Prämenstruelle Syndrom und die dazugehörigen Entschuldigungen für schlechtes Benehmen sind ja in den vergangenen zwei Jahrzehnten ausgiebigst in Frauenmagazinen wie *Brigitte*, *Freundin* und *Petra* beschrieben worden. Mein Lieblingswitz dazu ist: „Was ist der Unterschied zwischen deiner an PMS leidenden Freundin und einem Terroristen? – Mit einem Terroristen kann man wenigstens verhandeln." Das ist leider nicht frauenfeindlich, sondern wahr.

Nur noch selten werden gesundheitsfanatische Schrulligkeiten wie Naturschwämmchen gepriesen. Diese Sauerei in den öffentlichen Waschbecken ist Gott sei Dank aus der Mode geraten. Das ist auch gut und gerecht so. Vegetarisch leben, aber sich die Skelette toter Tiere zwischen die Beine schieben! Das ist doch brutaler als Thunfischpizza!

Nicht zuletzt die revolutionären Entwicklungen auf dem Hygienemarkt haben dem skrupellosen Raubbau an der Unterwasserwelt ein Ende gesetzt. Allein etwas Nostalgische möchten vielleicht noch die Umwelt entlasten und ihre Balkongeranien mit gebrauchten Tampons düngen.

Eine weitere Neuerung ist auch das im Vergleich zu früher recht magersüchtig wirkende Format der modernen Binde. In einem Zeitalter, in dem sich nichts mehr ohne den Zusatz „ultralight" oder „super-slim" verkaufen läßt, dürfen die diversen Artikel für den hormonell bedingten Blutsturz natürlich nicht fehlen.

Meine Generation mußte den Schulunterricht auf windeldicken Wattepolstern verbringen und panisch nach jeder Stunde aufs Klo rennen, um nach dem Rechten zu sehen. Überhaupt war das Schlimmste die Frage: wie entsorgen? Zwei dieser Monsterbinden in einem Mülleimer, und es war höchsten noch Platz für eine nervös gerauchte Zigarette.

Wenn Frauen heute dagegen nicht wissen, wohin mit dem vollgesauten Hygieneartikel, können sie ihn einfach zwischen ein paar Buchseiten legen, den überstehenden Rand abschneiden und das Buch zurück ins Regal stellen, ohne daß die Virginia-Woolf-Erstausgabe blaue Flecken bekommt. Das nenne ich Fortschritt! Es wäre sicherlich eine hübsche Werbeidee, wenn Frauenbuchläden demnächst ihre Logos auf diese superdünnen Binden drucken ließen und den treuen Kundinnen als Lesezeichen zu den Krimis mitgeben würden.

Nach Jahrtausenden unnütz vergossenen Blutes bleibt zu hoffen, daß genügend Gelder in die Forschung gesteckt werden, damit endlich das erfunden wird, was alle Frauen brauchen: den selbstblutenden Tampon! Dann müssen wir nicht ständig nach Feierabend mit einer Horde Freundinnen, die total gut drauf sind, zu Salsapartys rennen, um zu beweisen, daß wir auch mit der monatlichen Heimsuchung noch alles tun und lassen können.

Als Ausrede bleibt ja immer noch die gute alte Tante Migräne, die frau auch nicht gerne zu Besuch hat, ob sie nun aus Rothenburg kommt oder nicht.

Spitz wie ein Hörnchen

Homosexualität ist bei Tieren eindeutig bewiesen worden. Das wird nicht nur denjenigen Lesben Hoffnung machen, die ihre Katze nach dem Werfen ins Heim gebracht haben, weil sie eine Hetera ist. Auch die Haustierbedarfsbranche hat bereits die Ohren hochgestellt und eine Marktlücke gewittert. Wäre es nicht wundervoll, wenn es endlich etwas anderes gäbe als rote Halstücher für Hunde und Katzenkratzbäume mit pink-schwarzem Tigerfell? Chaps für Rüden oder kleine Gummidildos für Kofferfische wären ein super Mitbringsel für die befreundeten TierhalterInnen.

Natürlich freuen auch wir uns darüber, weil wir uns – Sielmann, Grzimek und Cousteau sei es gedankt – von dem Verdacht der bourgeoisen Dekadenz freisprechen können. Man soll sich ja nicht wundern, wie viele links-alternative Heteros immer noch glauben, wir Homos müßten uns nur ein bißchen zusammenreißen und die Natur würde wieder ihren rechten Gang gehen. Liebe Langeweiler, wir sind dekadent – und wie! Aber die

Vögel auf dem Feld sind schlimmer. Sie sähen nicht, und sie ernten nicht. Wir hingegen unterliegen kapitalistischen Sachzwängen und zahlen doppelt soviel Steuern wie ihr Heteros.

Und überhaupt die Vögel! Da gibt es lesbischen Möwen, die sich mal kurz einen Möwerich zur Reproduktion schnappen und gleich wieder mit ihm Schluß machen. Schwule Störche brüten ein Ei aus, das eine Rabenmutter verlassen hat. In Fachzeitschriften der Taubenzüchter tauchen immer mal wieder verwirrte Diskussionen darüber auf, ob es nicht vielleicht möglich wäre, daß ein heterosexuelles Taubenpaar ausnahmsweise vier Eier ausbrüten könne. Tauben legen eigentlich nur zwei pro Nest. Anormales Verhalten sei allerdings nicht festzustellen, wenn die eine Taube brav brüte, während die andere weibliche Taube das Futter ranschleppe. Liebe Taubenzüchter, das heißt bei uns Butch/Femme-Dynamik und hat mit vorgetäuschter Heterosexualität nichts zu tun. Warum sollen auch wir Homo Sapiens queere Identität erfunden haben?

Auch in den Kuriositätenecken größerer Zeitungen und Magazine tauchen vermehrt Meldungen über invertierte Zuchtbullen auf, die vor Kühen Reißaus nehmen, jedoch voll Begeisterung in Attrappen pimpern, die zuvor mit Moschus eingedieselt wurden.

Heterosexualität als Gesetz der Natur – alles erstunken und erlogen!

Bei genauer Betrachtung scheinen romantische Liebe und pure Leidenschaft eher eine Wiederentdeckung des lesbisch-schwulen Tieres in uns allen zu sein.

Ein durchschnittlich veranlagtes Straußenpärchen zum Beispiel gibt sich dem Paarungsritual etwa für zehn Minuten hin. Das reicht für eine so einfallsreiche Werbung wie:

„Hast du einen Freund?"

„Nein."

„Gut. Ficken?"

„Klar."

Danach wird die Sträußin den Rest ihres Lebens in einem gottvergessenen Nest mitten in der Pampa verbringen, während Herr Strauß irgendwo den Kopf reinsteckt.

Schwule Sträuße dagegen balzen mehrere Stunden, wippen lässig mit dem langen Hals, schnäbeln, schnattern und werfen ihr

Gefieder rhythmisch hin und her. Dieses Verhalten konnte auch schon in Homodiscos beobachtet werden.

Von den lesbischen Straußendamen ist zu berichten, daß sie sich ohne viel Federlesens in einem Nest zusammenkuscheln und im Sonnenuntergang friedlich die Schnäbel aneinanderreiben.

Affen geben uns Sapphistinnen wenigstens noch eine Chance, diesem abgenutzten Klischee vom lesbischen Nesttod zu entrinnen. Schimpansen, Bonobos, Orang-Utans und Gorillas treiben es geschlechtlich kunterbunt durcheinander, und homosexuelle Pärchen sind wohl durchaus in der Lage, Langzeitbeziehungen einzugehen, wobei jedoch Monogamie nicht gerade ihre Stärke zu sein scheint. Auch das klingt irgendwie vertraut.

Interessant wäre, herauszufinden, wie es sich mit interspeziellen Liebschaften verhält. Auch das liefert uns die Natur. Vielleicht war Cheetah eher Jane zugetan. Und sind Bubbles' Eifersuchtsanfälle gar der eigentliche Grund für die gescheiterte Ehe Michael Jacksons?

In England hat ein schwuler Daniel Düsentrieb einen sogenannten *gaydar* erfunden. Das kleine Gerät soll in der Tasche vibrieren, wenn ein anderer Schwuler ebenfalls mit einem solchen Tuntendetektor in der Nähe ist. Leider scheint das Ding noch verbesserungsbedürftig zu sein, denn bei den ersten Versuchen sah sich der Tester zuerst von einer Horde Eichhörnchen verfolgt und dann von einem Dachs. Auch ist nicht bekannt, ob dies der Erstkontakt zwischen einem Menschen und schwulen Hörnchen war, die ihm mit aufrechtem Puschelschwanz hinterherhoppelten und ihm ihre Eicheln zeigen wollten. Ebensowenig ist bekannt, ob die lesbischen Eichhörnchen währenddessen in den Bäumen saßen und dicke Backen machten, weil auch bei den Nagetieren die Damen vorher ausdiskutieren, ob sie den Jungs eigentlich alles nachmachen müssen.

Safer-Sex macht unbeliebt!

Die einen behaupten, Lesben bekämen kein Aids, solange sie nur „anständigen“ lesbischen Sex haben, immer brav zu Hause bleiben und sich auf der Straße nicht von fremden Männern ansprechen lassen.

Andere wiederum sehen Gevatter Schnitter schon auf der Bettkante seine Sense schleifen, wenn sie nur daran denken, eine Masturbationspause einzulegen.

Die Antwort liegt wie so oft irgendwo dazwischen. HIV ist ein Virus, das nicht zwischen einer „guten“ und einer „schlechten“ Lesbe unterscheiden kann. Und deswegen gibt es Lesben mit Aids!

Dennoch ist es betrüblich, daß in der Lesbenbewegung immer noch eine moralische Debatte um richtiges und falsches Verhalten geführt wird, die von Unkenntnis und Arroganz geprägt ist.

Sie gleicht vielmehr einem Glaubenskrieg als einer konstruktiven Auseinandersetzung über lesbische Sexualität und Verantwortung.

Solange von einigen lesbisch-separatistischen Feministinnen Bücher wie das bei Frauenoffensive erschienene *Ketzerinnen* unhinterfragt als Bibel gehandelt werden, dessen Argumente auf Verleumdungen und Verschwörungstheorien beruhen, wird ein Dialog zwischen Lesben allgemein verhindert. Bisher arteten die meisten Versuche in gegenseitige Beschimpfungen aus. Besonders bei Lesbenfrühlingstreffen sind solche Fraktionierungen deutlich zu erkennen. Auch wenn Safer-Sex-Workshops mittlerweile zum Standard im jährlichen Programm gehören, sind es doch immer wieder dieselben Gesichter, die versuchen, ihr Wissen mit anderen Lesben zu teilen und Erfahrungen auszutauschen.

In besagter Separatistinnenbibel steht u.a. zu lesen, daß „die Latex-Front, ohnehin eng verbunden mit Sadomasochismus und der Pathologisierung von lesbischem Sex, das hohe Risiko [einer HIV-Infektion] unterstreicht“ (S.170). Mit anderen Worten: Lesben, die Safer-Sex praktizieren sind a) S/M-Lesben, b) eine Front und c) extrem gefährlich. Ergo springt das Virus nur in Blutbahnen, die ohnehin schon von Heterosexismus und Klüngelei mit Schwulen verunreinigt sind.

Offenbar läuft eine „gute“ Lesbe auch niemals Gefahr, eine Bluttransfusion zu benötigen, arbeitet nicht als Prostituierte oder in einem medizinischen Beruf, nimmt keine Drogen oder hat eine sonstwie schräge Vergangenheit. Das ist nicht nur weltfremd, sondern auch verantwortungslos.

Aids ist kein Symbol für korrumpierten Sex, sondern eine sehr konkrete Krankheit mit tödlichem Ausgang. Eine neuere Studie aus den USA hat ergeben, daß das größte Ansteckungsrisiko für Lesben derzeit bei künstlichen Inseminationen liegt. Aus lauter Dankbarkeit vergessen viele angehende Mütter nämlich, den edlen Spender nach einem aktuellen HIV-Test zu fragen.

Auch wenn der gängige Kanon lesbischer Sexpraktiken außerhalb der Menstruation ein vergleichsweise geringes Risiko birgt, heißt das noch lange nicht, daß es keins gibt. Das ist keine Glaubensfrage, das sind Fakten.

Andererseits heißt das aber auch, daß eine Hysterie vor einer heranrollenden Epidemie und die Notwendigkeit, sich hinter Latex als Virenabprallschutz zu verstecken, übertrieben sind. Mittlerweile gibt es ausreichend Broschüren und Literatur, um sich über die Risiken einer Infektion mit HIV oder anderen sexuell übertragbaren Krankheiten zu informieren.

Schlimmer noch als eine separatistische Minderheit unter den Lesben, die lieber in ihrer Gut-gegen-Böse-Kirche predigt und sich wundert, warum die Bänke leer bleiben, ist jedoch der neue Glamour um die Krankheit, die schwule Männer bei der heterosexuellen Bevölkerung so populär gemacht hat. Viele Lesben hoffen, auf die gleiche Weise einen Stein im Brett zu erwerben. Nur sind weder lesbische Superstars daran gestorben noch gibt es genügend Aids-kranke Lesben, die aus einer Gesellschaft, in der soziales Engagement als prestigesteigernd gilt, ein Helfersyndrom herauskitzeln können. Das klingt natürlich zynisch angesichts des tatsächlichen Leids, das eine unheilbare Krankheit mit sich bringt. Aber nicht zynisch genug angesichts des Massenrummels am Welt-Aids-Tag, an dem sogar CDU-PolitikerInnen rote Schleifen an ihren Anzügen tragen, während sie für Kürzungen in der staatlichen Gesundheitsversorgung eintreten, oder auch der Mob durchschnittlicher heterosexueller BürgerInnen, die sich bereits im Weihnachtsstreß befinden und sich für eine geringe Spende einen Akt christlicher Nächstenliebe an den Mantel heften.

Das Red Ribbon, ehemals ein demonstratives Zeichen der Solidarität mit HIV-Infizierten und deren Angehörigen, ist längst zu einem topmodischen Accessoire politischer Korrektheit geworden. Sogar *Bravo* legt die roten Schleifen wie ein *YPS*-Gimmick mit Kommentaren wie „Paßt todschick zu deiner Jeansjacke" ihrem Heft bei. Gleichzeitig aber verbreitet Deutschlands führende Teeniezeitung eine Sexualmoral, die Homosexualität immer noch als Phase bezeichnet und Schwule und Lesben wie ausgesetzte Hamster oder aus der Band entlassene Boygroup-Mitglieder als mitleidsbedürftige Geschöpfe darstellt.

Kein Wunder, daß Lesben an dieser scheinbar vorhandenen Sympathie der heterosexuellen Mehrheit, die von den Medien verbreitet wird, partizipieren wollen. Die aber gilt den Schwulen.

So bleibt Aids für die meisten Lesben letztendlich ein Abstraktum.

Bei einer Aufklärungskampagne auf dem Göttinger Marktplatz erlaubte ich mir zusammen mit ein paar Freundinnen mal den Scherz, lesbische Passantinnen, die neben dem mittlerweile obligatorischen Regenbogenpin ein Red Ribbon gesteckt hatten, zu fragen: „Das ist aber eine schöne Schleife. Was bedeutet die denn?"

Neben anderen Nullaussagen war unser Spitzenreiter „Ich bin gegen Aids."

Da ich einer Generation angehöre, die ihre Rebellion gegen das Elternhaus mittels Buttons wie „Baum ab? Nein danke!" oder „Stoppt Strauß!" formulierte, habe ich für solche Beweggründe, sich mit einer Meinung zu plakatieren, noch eine gewisse Sympathie, aber genausogut hätte diese Frau auch sagen können „Ich bin gegen Schildläuse!" oder „Ich bin gegen Fußpilz!". Auf eine weitere hinterhältige Frage von uns, ob sie denn Safer-Sex praktiziere, wo sie doch gegen diese scheußliche Krankheit sei, winkte sie ab: „Nein, brauch ich nicht. Ich hab eine Freundin."

Ihre Antworten sind vielleicht nicht repräsentativ, aber symptomatisch. Lesben verstehen die Übertragung von Viren als eine Strafe für nichtmonogames Leben. Die Realität sieht leider anders aus.

Ein sehr viel größeres Vergnügen als diese kleine Umfrage auf dem Marktplatz bereitete es mir vor einigen Jahren, in einer kleinstädtischen Lesbenszene eine Filzlausepidemie zu beobachten. Eine Lesbe kehrte aus einem Urlaub nicht nur mit ihrer Freundin, sondern auch mit diesen garstigen Tierchen heim. Innerhalb von zwei Wochen mußte sich die halbe Szene mit Jacutin versorgen, um sich dieses Beweises außerhäusigen Schlafens zu entledigen. Das war sehr aufschlußreich und gab genügend Anlässe für Beziehungskrisen und Eifersuchtsdramen. Ohne diese ansteckenden Biester wären die meisten Affären wahrscheinlich nie ans Tageslicht gekommen. Daß Lesben nicht polygam sind und geistige Nähe einer körperlichen Begegnung eher vorziehen, ist folglich ein Gerücht.

Die etwas fortschrittlicheren Tribadinnen beziehen zumindest die Möglichkeit, sich vor Geschlechtskrankheiten zu schützen, mit in die Beziehungsgestaltung ein. Sie entscheiden sich dafür, eine Latexbarriere um die eigene Beziehung zu errichten. Innerhalb des Eheschrebergartens wird der Akt ohne und jenseits des Gartenzauns dann mit Latex vollzogen. Allerdings verlassen sie sich darauf, daß sie so auch sicher unsafe in anderen Gärten wildern können, weil die anderen Laubenpieperinnen ja vermeintlich auch in ihren kleinen antiseptischen Paarbiotopen leben.

Lesben werden immer die Lücke im Zaun finden, um sich vor der Verantwortung zu drücken oder sich zumindest eines Risikos bewußt zu sein. Ärgerlich dabei ist, daß diejenigen, die tatsächlich Safer-Sex praktizieren – wie auch immer sie ihn gestalten –, sich dafür rechtfertigen müssen: „Wozu der Handschuh? Hast du etwa Aids?“ Oder sie werden des Sadomasochismus' bzw. abseitiger Perversionen verdächtigt.

Ganz besonders hanebüchen und wenig originell ist das Argument, daß frau durch einen Latexhandschuh nichts spüren könne. Für diejenigen, die es noch nicht wissen: Handschuhe wie diese werden u.a. von ChirurgInnen im OP benutzt. Würden sie dadurch nichts fühlen, fänden sich die meisten PatientInnen nach dem Eingriff auf der anderen Seite wieder. Außerdem ist dies die klassische Ausrede für Männer, die sich um das Benutzen von Kondomen drücken wollen. Leider bewahrheitet sich bei solchen und vielen anderen Dingen häufig: Wenn Männer damit durchkommen, klappt's bei den Frauen bestimmt auch.

Auch 1999 hat Safer-Sex wenig bis gar keinen Eingang in das Bißchen erotische Kultur gefunden, das Lesben sich bisher auf die Beine zu stellen erlaubt haben. Der Anblick von Latex ist noch lange nicht selbstverständlich. Das gleiche gilt für erotische Geschichten, in denen Lesben mit Handschuhen ficken und fisten, Kondome über ihre Dildos oder Vibratoren rollen oder einfach auf Lecken während der Menstruation verzichten.

safe sex
YOU ARE NOT IMMUNE
¡NO SOMOS INMUNES!
is hot sex

Ironischerweise hat sich kaum eine Postkarte bisher so gut verkauft wie diese. Mal abgesehen vielleicht von der mit dem Strichmädchen, das ein wenig Bondage gelernt und sich den Rest selbst beigebracht hat, oder so ähnlich.

Safe Sex is hot sex steht in roten Lettern geschrieben. Diese beiden Frauen auf dem Foto haben aber leider keinen Safer-Sex. Genaugenommen haben sie überhaupt keinen Sex. Vielleicht waren sie vor der Kamera zu schüchtern, oder sie machen sich noch warm. „Hot" kann sich die Betrachterin damit erklären, daß die fotografierten Ladies nichts anhaben. Vielleicht hatten sie auch schon Sex, nur die linke Dame hat die gebrauchten Latexbarrieren und das Lube schon weggeräumt, während die rechte mal kurz aufs Klo gegangen ist. Jetzt küssen sie sich noch ein bißchen. Dann rauchen sie eine, bevor sie wieder in ihre Docs, die mit lustigen Sprüchen bedruckten T-Shirts und abgeschnittenen Jeans springen und erstmal ihre beste Freundin anrufen, um ihr zu erzählen, daß sie gerade sehr heißen und sehr safen Sex gehabt haben.

Etwas unauffälliger steht an den Seiten in den beiden Weltsprachen Englisch und Spanisch, daß du nicht immun bist. Wogegen denn? Gegen die erotische Wirkung der Postkarte auf die Betrachterin? Gegen Frauen, die nackt knutschen schon für heißen Sex halten?

Die traurige Wahrheit ist: Die meisten Lesben sind völlig immun gegen Safer-Sex.

Der Erfolg dieser Postkarte zeigt eher, daß wir eine erotische und damit verbunden eine aufklärerische Kultur brauchen. Solange die lesbische Community sich immer noch erotophob gibt und Sexualität nicht in eine eigenständige Kultur integriert wird, kann weder der rückständige Puritanismus selbsternannter Radikalfeministinnen noch das hilflose Ankuscheln an die Schwulen verhindern, daß sich immer mehr Lesben mit sexuell übertragbaren Krankheiten infizieren.

Und die Moral von der Geschicht':

Gehst du zum Weibe, vergiß die Latexhandschuhe nicht! Denn nichts ist attraktiver als eine Frau, die für sich selbst Verantwortung übernehmen kann.

Butch/Femme
REVISITED

Seit Mitte der Neunziger boomt Butch/Femme als eine der vielen Möglichkeiten lesbischer Lebensstile. Aber mit der gleichen Dreistigkeit, mit der jede Heulsuse sich heute S/M-Lesbe nennt, um wenigstens ein bißchen gefährlich zu erscheinen, nutzen die schlimmsten Mackerinnen die erkämpfte Libertinage schamlos für sich aus.

Waren die von Papi übernommenen Stammtischsprüche einiger Lesben früher eher selten ein Ärgernis, sind sie heute zu einer ständigen Plage geworden. Und das aus den eigenen Reihen! Als hätte die Frauenbewegung niemals stattgefunden.

Aus der einschlägigen Literatur haben die Pseudo-Butches sich gemerkt, daß sie tief in ihrem Inneren ganz liebe Mädchen sind. Damit wird jetzt jede üble Sprücheklopferei legitimiert. Das funktioniert genausogut wie die oft an den kurzen Haaren herbeigezogene schlimme Kindheit. Witzeleien unter Butches wie

„Wieso hat *sie* denn den Autoschlüssel? Ist bei euch die Emanzipation ausgebrochen?“ oder „Ach, ich wünschte, sie würde sich ein bißchen femininer kleiden. Ich werde auf der Straße schon für einen Schwulen gehalten“ sind keine Seltenheit. Femmesein macht einfach keinen Spaß, wenn man sich von der eigenen Brut die gleichen homophoben und frauenverachtenden Sprüche wie von irgendeinem dahergetorkelten Rummelficker anhören muß. Sich zu beschweren macht aber noch viel weniger Spaß, denn dann hagelt es Vorwürfe wegen angeblicher Humorlosigkeit oder Prüderie. Diejenigen, die sich für besonders schlau halten, kommen mit einem „Jetzt werd doch nicht gleich hysterisch. Du weißt doch, wie ich das meine!“.

Ja, wir wissen genau, wie sie das meinen!

Die Macho-Butches meinen nämlich, daß es sie wie in einen Rock gekleidet erscheinen läßt, wenn die eigene Freundin ebenso gern ihr Bier aus der Flasche trinkt oder in ihrer Freizeit Fußball spielt. Das ist natürlich eine Katastrophe fürs Image.

Überall auf den angesagten Parties stehen finster dreinblickende Frauen mit angeklebten Bärtchen bewaffnet und warten darauf, von einer Femme entdeckt und mit nach Haus genommen zu werden. Nur passiert das wohl in den seltensten Fällen, denn die Femmes haben sich ebenfalls unter schwarzen Anzügen versteckt. Somit wissen sie wenigstens, was sie erwartet, wenn sie sich eine der kleinen Möchtegern-Butches angeln wollen. Einer Femme gegenüber würden die sich nie die Blöße geben, lautstark Machismen herauszuposaunen. Die Macker sind ja immer die anderen.

Denkste, Puppe!

Leider gibt es immer noch keine Schulen, die Butch-Anwärterinnen respektvolles Benehmen einbimsen. Außer „Sechs! Setzen!“ bekämen viele dort ohnehin nichts zu hören. Deshalb ist es wirklich höchste Zeit, daß eine Lady die erste Tomate wirft, damit endlich eine „femme-inistische“ Bewegung dieser lesbischen Variante des Männchenmachens ein Ende bereitet.

Hier ein Vorschlag, wie die Ausbildung der Butch-Azubis auch im Alltag unbürokratisch realisiert werden könnte:

Das Butch/Femme-Rabattmarkenheft

Femmes verteilen die Rabattmarken, können aber auch das gesamte Heft wieder einziehen oder sich neue Disziplinen ausdenken. Butch-Status erlangt die Anwärterin nicht unter 100 Punkten. Die Einstufung liegt jedoch im alleinigen Ermessen der Femme.

1) Türen aufhalten: Standard [1☐]

2) Weinflaschen öffnen
   a) Bei Erfolg: Standard [1☐]
   b) Im Wein schwimmen Korkenstückchen [-3☒]

3) Vier-Gänge-Menüs
   a) Bei kulinarischem Sachverstand [5☐]
   b) Bei fettigen Soßen Punktabzüge. Es ist nicht fein, Femmes zu mästen! [-10☒]

4) Feuer geben
   a) Situation erkannt, Feuerzeug rechtzeitig gefunden und benutzt: Standard [1☐]
   für besonders schnelle Reaktion [2☐]
   b) Flamme irgendwo in die Gegend gehalten, so daß die Femme zielen muß [-2☒]
   c) Feuerzeuge, die zu weiblicher Silhouette geformt sind [-2☒]
   d) Verschmorte Femme-Ponysträhnen wegen zu hoher Flamme [-10☒]
   e) Flamme an die Zigarettenspitze gehalten, so daß die Femme ohne hinzusehen ziehen kann [3☐]

5) Ehre der Femme bei Pöbeleien verteidigen
   a) Mit klugen Worten die Situation beenden [3☐]
   b) Wenn die Butch die Femme dabei wehrlos und dumm aussehen läßt [-30–50☒]

6) Den Einkauf die Treppe hochschleppen: je nach Gewicht und Stockwerk [1–5☐]

7) Komplimente verteilen
   a) Aufdringlich und/oder unoriginell [-3–10☒]
   b) Besonders charmant, nicht zu dick aufgetragen [2☐]
   c) Standardkompliment [$^{1}/_{2}$☐]

8) Reparaturen
   a) Mehr Show als praktischer Nutzen: Angeberei wird nicht honoriert, grundsätzlich 10 Minuspunkte – außer die Show war gut [0–2☐]
   b) Entstehen zusätzlicher Schäden [-20☒]
   c) Reparatur so erfolgreich, wie vorher behauptet: spart allen eine Menge Geld [10☐]

9) Krabbeltiere eliminieren
   a) Je nach Größe, Gewicht und Anzahl der Beine [5–10☐]
   b) Wenn Flecken bleiben: je nach Sensibilität der Stelle [bis zu -20☒]

10) Essenseinladungen ohne beabsichtigten Geschlechtsverkehr: Seltenheitswert [20☐]
    Bei Selbstgekochtem Zusatzpunkte/Abzüge möglich, siehe 3

11) Die angebetete Femme bei einem Rendezvous an ihrer Haustür abholen und dort auch wieder absetzen
    a) Pünktlich und komplikationslos: pro Weg [3☐]
    b) Sie in einem Café warten lassen, weil du mit dem Auto im Stau gesteckt hast: Zahl der Verspätungsminuten = Zahl der Minuspunkte [-?☒]
    Höhere Gewalt als Entschuldigung gilt aus Prinzip nicht.

12) Verführung: hohe Kunst, Femme entscheidet über die Punktzahl [1–10☐]

13) Gute Manieren: so selten wie Stil [7☐]

14) Gepflegte Erscheinung: eine Selbstverständlichkeit, dafür willst du doch keine Punkte haben, oder?

Das Lesbenfrühlingstreffen

Jedes Jahr zu Pfingsten kommen einige tausend Lesben, Undercover-Bis und heimliche Heteras aus ihrer Diskriminierungsheimat zum Lesbenfrühlingstreffen angerauscht, um ihre Artenvielfalt zu feiern. Wenn am Aschermontag dann alles vorbei ist, kollabieren sie an Reizüberflutung und Schlafentzug.

Von Freitagabend bis Montagmittag werden Wein, Weib und Gesang, Kamillentee, Kreistänze und Workshops bis zum Abwinken angeboten. Das Programm quillt über von Aktivitäten wie Singen alter Amazonenlieder, Trommeln auf malaiischen Kultobjekten, Tucking for Beginners oder feministischer Unternehmensgründung.

Freundschaften werden geschlossen oder aufgefrischt, Liebschaften begonnen oder beendet oder einfach eine gute Zeit miteinander verbracht.

Sogar Shopping gehört mit zum Programm. In separaten Räumen oder Hallen verkaufen die sogenannten Ständelesben ihre selbstgeschmiedeten oder -gebastelten Werke. Unzählige Büchertische machen sich friedlich Konkurrenz. Und sollte eine immer noch keine getöpferte Tasse mit einer Doppelaxt ihr eigen nennen, hier findet sie solche Erzeugnisse nebst Teestövchen in Vulvenform und Venus-von-Willendorf-Miniaturen.

Aber natürlich hat lesbe auf solch einer Massenveranstaltung in Ermangelung großer SponsorInnen nicht nur Vergnügen, sondern auch Pflichten.

Für recht stattliche Preise und miserablen Service darf frau stundenweise für einen Schlafplatz auf dem Fußboden einer Turnhalle oder eines Schulzimmers arbeiten, denn der ist im Preis der Dauerkarte selbstverständlich nicht inbegriffen. Wahlweise darf geputzt (sehr unbeliebt), geschützt (sehr unbeliebt zwischen 5 und 7 Uhr morgens) oder geschleppt werden (nur geschätzt bei Kessen Vätern).

Auch für die Kinderbetreuung, d.h. Mädchenverziehung, wird gesorgt, denn Söhne sollte die lesbische Mutter lieber ganz zu Hause lassen. Frau kann nie wissen, welche sich zu diesem Dienst freiwillig gemeldet hat. In München gab es einen spitzen Aufschrei kollektiver Brutpflegeinstinkte, nachdem eine Aufpasserin nur den Mädchen ihre ganze Aufmerksamkeit und je ein Eis schenkte, ohne die daneben stehenden Jungen auch nur eines Blickes zu würdigen. „Ihr seid schuld, wenn aus meinem Sohn jetzt ein frauenmordender Psychopath wird!“ keifte eine Mutter, als sie ihren verheulten Sprößling ins Auto stopfte und wahrscheinlich zur nächsten Eisdiele kutschierte.

Da natürlich auch die Umwelt geschont werden soll, geben an den fleischlosen Essenausgaben emsige Köchinnen statt nicht kompostierbaren Plastiks wiederverwertbares Eßgeschirr und Besteck gegen Pfand aus. Um die Säuberung dieser Utensilien muß sich jede selbst kümmern. In Hamburg 1995 stand neben den Spülwannen ein Schild mit der Aufschrift: „Bitte leckt die Teller ab. Dann wird das Wasser nicht so schnell dreckig, und wir müssen nicht ständig neues heranschleppen.“ Nicht wenige bremsten daraufhin ihren Waschzwang und rannten in den nächsten Supermarkt, um sich Pappteller zu besorgen. In einer sehr undurchsichtigen Brühe mit obenauf schwimmenden Tofuklümpchen zu rühren, die unkontrollierbare Bakterienkulturen längst zu ihrer neuen Heimat auserkoren hatten, strapazierte die Lagerfeuerromatik einiger Lesben wohl doch zu sehr.

Überhaupt ist es auffällig, daß bei einem LFT die Dönerbuden in der unmittelbaren Umgebung den Umsatz ihres Lebens machen. So viel Gesundes, wie an den diversen lesbischen Futterständen verkauft wird, kann einen durchschnittlich versorgten Körper nur überfordern.

Das Abendprogramm ist oft eine knochentrockene Angelegenheit. Musikerinnen, die einmal begeistert haben, werden immer wieder eingeladen, bis auch die letzte Lesbe alle Lieder auswendig mitsingen kann, jeden Witz weitererzählen und jede versteckte Message in ihr Abendgebet einfließen läßt. Die wenigen kabarettistischen Einlagen stammen von Künstlerinnen, die sich und ihre Darbietung in den Programmheften als die mit „dem typischen augenzwinkernden Humor" beschreiben lassen. Spätestens nach der hundertfünfundneunzigsten Umkehrung der Geschlechterverhältnisse oder der zweihundertsiebenundzwanzigsten „Wir können uns auch ein bißchen selber hochnehmen"-Einlage stellt sich bei vielen jedoch eher ein nervöses Zucken um die Augenwinkel ein. Denn die Damen wollen tanzen, flirten und schnattern.

Die anschließende Disco wird nicht selten von DJanes mit einer Musikauswahl beglückt, für die jede Radioredakteurin die fristlose Kündigung fürchten müßte. Aber hin und wieder gibt es auch Ausnahmen.

Auf einwandfreie sanitäre Anlagen muß die Besucherin, sofern sie nicht privat oder im Hotel übernachtet, weitgehend verzichten. Die Abflüsse der Gemeinschaftsduschen fließen schon vor dem ersten Workshop über. Klopapier sollte frau sich vor der Abreise in ausreichenden Mengen in den Rucksack stecken. Bei einer Abendveranstaltung in Köln 1999 versagten innerhalb kürzester Zeit die wenigen vorhandenen Toiletten, weil die Kontrolle dieser unwichtigen Veranstaltungsräume vergessen wurde. Bei den Schwulen wäre das sicherlich nicht passiert. Die verschusseln bei großen Partys schon mal, daß auch Frauen hin und wieder für kleine Königstigerinnen müssen, aber Klos und Duschen scheinen bei den Jungs immer eine gewisse Priorität zu besitzen.

Neben den vielfältigen und zum Teil recht bizarren Freizeitangeboten ist das LFT im Herzen eine politische Veranstaltung geblieben. Hier treffen die unterschiedlichsten Strömungen aufeinander, auch die, die sich nicht als politisch verstehen. Die Organisatorinnen entstammen ebenfalls selten nur einem losen Freundinnenverbund, sondern eher den lesbisch-feministischen Zusammenhängen einer Stadt. Hoffnungslos dem Diskussionsstand des jeweiligen Orga-Teams ausgeliefert zu sein, entwickelt sich für die Besucherinnen oftmals zu einer Tour de Force durch die Feminismus- und Lesbianismusfraktionierungen der letzten Jahre. Es liegt immer ein zusätzlicher Nervenkitzel darin, erst vor Ort zu erfahren, welches lesbische Rad in diesem Jahr neu erfunden wird oder ob einige Innovationen des letzten sich etablieren konnten.

Auf die Idee, einen Verein zu gründen, der dieses Festival mit bis zu 4000 Besucherinnen zentral organisiert, ohne dabei die Grundstruktur und Zielsetzung zu verändern, ist frau noch nicht gekommen. Das könnte ja eine Handvoll Arbeitsplätze zusätzlich schaffen oder etwas mit Macht zu tun haben. Letztere haben die durchschnittlich 15 Orga-Lesben pro Stadt selbstverständlich nicht, wenn sie für andere entscheiden, daß ein Darkroom die Gesinnung gefährdet, oder wenn sie die Verkaufs- oder Infostände nach der eigenen Vorstellung von Vielfalt vorselektieren.

Mit den Orga-Lesben steht und fällt die ganze Veranstaltung. Ohne Frage leisten sie Übermenschliches, schlafen nie, und ob sie Nahrung aufnehmen (und wenn ja, wann sie ihre Teller spülen), weiß keine so genau. Während der tollen Tage flitzen sie immer von Ort zu Ort, fungieren als Blitzableiterinnen für vergnatzte Lesben, managen den Transport von Gehbehinderten oder sind einfach nur sehr, sehr beschäftigt. Zu erkennen ist eine Orga-Lesbe an einer Armbinde, seit neuestem auch einem Handy, und wenn sie an dir vorbeizischt, hinterläßt sie einen gehetzten Eindruck.

Seit den rassistischen Anschlägen u.a. in Mölln 1993 gehört auch eine Demonstration zum samstäglichen Standardprogramm. Diese LFT-Lesbendemo hatte bis auf wenige Teilnehmerinnen schnell vergessen, weswegen sie eigentlich durch die Stadt zog. Schon nach einer halben Stunde begann frau damit, sich selbst und ihre massenhafte Präsenz auf den pittoresken Straßen Freiburgs zu feiern. So entstand eine Tradition, die in der Öffentlichkeit immer wieder für Turbulenzen sorgt. Statt zivilisiert wie ein Kirchentag an Ort und Stelle zu beten, gilt das Motto: „Wir sind Lesben. Wir sind viele. Wir fallen über eure Kleinstadt her." Das stärkt das Gemeinschaftsgefühl. Da nicht mehr ganz so viel Zivilcourage vonnöten ist, um offen lesbisch zu leben, sind die internen Grabenkämpfe tiefer und verletzender geworden. Die Entwicklung bewegt sich immer mehr von gemeinsamen Zielen auf einen *anything goes*-Lebensstil zu. Der ehemalige gemeinsame Feind verliert ebenso an Bedeutung wie die bewährten lesbischen Vorbilder. Da kann es nicht schaden, hin und wieder heterosexueller SpießbürgerInnen angesichtig zu werden, die mit panischem Blick überlegen, wo sich ihre Töchter gerade befinden, und ob es sinnvoll wäre, diese noch ganz schnell einzuschließen.

Zumindest für kurze Zeit sind die Auswirkungen der jährlichen Ausgrenzungskampagnen vergessen, die die Gemüter der Lesben schon Wochen vor dem LFT erhitzen. Schuld daran ist die leidige Diskussion, welche denn nun eine „richtige" Lesbe ist und welche nicht. Eine Frage, auf die es keine Antwort gibt, die sich eine untereinander verkrachte Lesbenszene aber selbst eingebrockt hat. Bisher war der liberalste Ansatz dazu: „Jede ist eine Lesbe, die sich für eine hält und sich auch so nennt."

Die Ausgegrenzten des Jahres 1999 waren zum ersten und letzten Mal in diesem Jahrtausend die bisexuellen Frauen. Ihnen wurde nicht erlaubt, mit einem eigenen Stand für ihre Identität zu werben. Was die Veranstalterinnen zu befürchten hatten, blieb unklar. Aber vielleicht wurde schon zu vielen Lesben das Herz gebrochen, weil eine Bi-Frau sie wegen eines Mannes hat sitzenlassen. Tatsache ist, daß bei diesem Thema die meisten Vollzeittribadinnen das Gesicht verziehen wie bei einer Wurzelbehandlung ohne Betäubung. In vielen Leserinnenbriefen und in den einschlägigen Internetforen wurde häufig behauptet, bisexuelle Frauen seien gänzlich von der Teilnahme am LFT ausgeschlossen. Es kann getrost bezweifelt werden, daß sich jemals eine Bi-Frau davon abhalten ließ, zu einer Lesbenveranstaltung zu gehen.

Ebenfalls mit dem Ausgrenzungs-U-Boot versuchen unsere lesbischen Freundinnen und Helferinnen von der Polizei beim LFT vor Anker zu gehen und scheitern damit Jahr für Jahr. Bei allem respektablen Engagement dieser Damen bleibt bei vielen Teilnehmerinnen ein berechtigter Widerwillen im Hinblick auf eine Staatsmacht, die auch Lesben abschiebt und manchmal allzu gut über ihr Privatleben informiert ist. Vielleicht wäre es respektvoller, die Uniform während des LFT im Schrank zu lassen und lieber den eigenen Verein zu verändern, bevor man Werbebroschüren über die tollen Berufschancen verteilt.

Nein, staatliche Institutionen wie Polizei und Bundeswehr haben auf einem LFT nichts zu suchen.

Wohl aber alle Lesben, die sich über ihren Beruf oder ihre Identität austauschen oder einfach in einigermaßen diskriminierungsfreien Räumen mit ihrer Freundin Händchen halten wollen – Kanalratten und Fascholesben natürlich ausgenommen. Aber das steht in jedem Programmheft. Für diejenigen, die es nicht mehr wissen: Kanalratten sind keine seltsamen Haustiere, sondern pädophile Lesben, die vor unzähligen Jahren auch mal einen Stand beantragt haben. Das wird ihnen heute noch so übelgenommen, daß sie in jedem Heft eine extra Erwähnung finden, obwohl es sie schon lange nicht mehr in dieser organisierten Form gibt.

Ein wahrer Leckerbissen für alle mit einem pathologischen Interesse an Abgründen ist das Abschlußplenum am Montag. Da knallt dann zentrifugal auseinander, was sich zuvor als große Familie gefeiert hat. Nachdem die obligatorischen und berechtigten Standing Ovations für die ausgemergelten und mittlerweile völlig entnervten Orga-Lesben abgeklungen sind, geht es ans geschwefelte Eingemachte. Manege frei für die notorisch Unzufriedenen und ewigen Querulantinnen!

Die Motti der verschiedenen Lesbenfrühlingstreffen bleiben oftmals nur ein frommer Wunsch der Orga-Lesben. „Konsequent uneinig – LAUTer LESBEN" (Bremen, 1992), „EigenSinnig – Lesbisch – Vielfältig" (Heidelberg, 1994), „Coming home – agree to differ" (Hamburg, 1995) oder „Lesben und Lesben lassen" (Freiburg, 1998) – das läßt eigentlich auf eine gewisse Toleranzfähigkeit schließen, aber wehe, wenn die Menge sich erregt!

Nicht wenige der Teilnehmerinnen haben vorher Wetten abgeschlossen, welche Gruppe gegen welche antritt. Mittlerweile haben sich bei den LFTs rolligerechte Standards und Gebärdendolmetscherinnen durchgesetzt, so daß es für die andersfähigen Lesben glücklicherweise immer weniger Anlaß zu Kritik gibt. Da Rassismusdebatten offenbar aus der Mode gekommen sind bzw. viele schwarze Lesben ohnehin keine Lust auf dieses skurrile Festival zu haben scheinen, stehen die Chancen für S/M-Gegnerinnen immer gut, ein paar unfreiwillig offene Ohren für ihre Hetztiraden zu finden. Ein bitterer Höhepunkt war das Abschlußplenum des LFT München 1996, als S/M-Gegnerinnen einen Katalog mit Forderungen verlasen, in dem sie allen Ernstes vorschlugen, S/M-praktizierende Kursleiterinnen im Programmheft als solche zu kennzeichnen – auch wenn sie einen Vortrag über japanische Goldfischzucht oder die deutsche Straßenverkehrsordnung halten. Leider ist dies von den nachfolgenden Orga-Lesben berücksichtigt worden. Auch Safer-Sex-Workshops werden seitdem mit dem Stempel „S/M-Inhalte" versehen. Auf die Frage einer Plenumsteilnehmerin, was denn Safer-Sex mit S/M zu tun hätte – abgesehen davon, daß es die S/Merinnen gewesen seien, die die Diskussion um eine Krankheit, die weltweit Millionen von Menschen das Leben kostet, in die Lesbenbewegung gebracht haben –, schrie eine der Gegnerinnen angewidert: „Die spielen doch alle mit Blut!" Das läßt für eine Außenstehende den Verdacht aufkommen, daß sich alle S/M-Gegnerinnen bereits jenseits der Menopause befinden.

Natürlich kamen auch einige S/M-Lesben zu Wort, sofern sie sich an den tobenden Frauen vorbeiwagten. Denen, die dort gewesen sind, wird wohl eine der schönsten Liebeserklärungen, die die lesbische Öffentlichkeit jemals gehört hat, in Erinnerung geblieben sein. Just in dem Moment, als der gegenseitige Haß am höchsten schlug, gestand eine Lesbe der im Publikum sitzenden Freundin ihre große Liebe und schloß mit den Worten: „Ich übe keine Gewalt gegen meine Freundin aus, und ich tue ihr auch nicht weh!" Nur wenigen war es vergönnt, die herzige Reaktion der Geliebten zu hören, die sichtlich gerührt kicherte: „Natürlich tut sie mir nicht weh. Das ist ja meine Aufgabe." Das nahm den Ereiferungen der „Ketzerinnen" für kurze Zeit den Wind aus den Segeln.

Bedauerlicherweise kam es danach auch weiterhin zu unschönen Szenen. Eine Frau hatte sich in eins der Saalmikrophone verbissen und kreischte unablässig: „Ich habe eine jüdische Freundin, die ist nicht gekommen, weil hier S/M-Lesben sind!" Nicht nur, daß es geschickt ist, so den ausgelutschten und bodenlosen Faschismusvorwurf gegenüber den Liebhaberinnen der etwas härteren Gangart zu umgehen, nein, es scheint auch praktisch zu sein, eine jüdische Freundin zu haben, wenn einer mal die Argumente ausgehen. Ich habe auch eine, die Pfingsten lieber nach Hannover zum Tummelplatz der Lüste fährt, weil sie das LFT für die Jahreshauptversammlung der Bekloppten und Bescheuerten hält. Sie hat mir sogar erlaubt, ihre Meinung in diesem Text kundzutun, weil sie sonst nur mitleidsvolle Blicke nach dem Motto: „Was sagt denn deine Therapeutin dazu?" erntet, wenn sie erklärt, sie sei S/M-Lesbe und gläubige Jüdin.

Ebenfalls als Evergreen der Abschlußplena der letzten sechs Jahre erwies sich die Anwesenheit von postoperativen lesbischen Transen. An den Mikrophonen flockte den Chromosompuristinnen reihenweise das Testosteron in der Blutbahn aus, weil sie männliche Energien im Raum zu spüren glaubten. „Wir" sind nämlich „echte" Lesben, und „die" unterwandern uns. Leider bedeutete der Eklat um die transsexuelle Lesbe Waltraut Schiffels, die 1993 von den fortschrittlichen Freiburgerinnen eingeladen worden war, auch den Startschuß für die unsägliche menschenverachtende „Transendiskussion", die heute noch durch die Lesbenbewegung tobt. Aber Fortschritt setzt bei Lesben in der Regel eben erst dann ein, wenn die Ewiggestrigen sich heiser geschrien haben. Vor zehn Jahren konnte sich auch noch niemand vorstellen, daß jede Hausfrau ihre eigene Webpage unterhält.

1992 in Bremen schwadronierte eine Dame noch öffentlich darüber, daß auf der Party pausenlos Techno gespielt worden sei und daß sie diese Musik an marschierende Stiefel erinnere. Daraufhin herrschte betroffenes Schweigen im Raum. Nur eine grünschnäbelige Junglesbe räusperte sich und fragte schüchtern nach, auf welcher Party sie denn gewesen sei. Zugegeben, Techno ist manchmal nicht schön. Aber kein Stiefel war an diesem Abend aufmarschiert. Alle Doc Marten's, Bergschuhe, Chucks und Birkenstocks hüpften fröhlich zu *Lady Bump*, schlurften zu

Stairway to Heaven oder wirbelten zu *This Beat is Technotronic*. In den folgenden Jahren konnte noch erfolgreich aufgeklärt werden, daß nicht alles, was auf persönliche Antipathien stößt, auch gleich Techno ist.

Nachdem die Torturen eines Abschlußplenums vorüber sind, gehen die Verabschiedungszeremonien verdächtig schnell vonstatten. Die Lesben, die sich auch dann noch mögen, tauschen Adressen aus und verabreden sich fürs nächste Jahr.

Als ich einmal völlig urlaubsreif von einem LFT nach Hause kam und mich total erschlagen auf mein Bett warf, erntete ich von meinen lesbischen Mitbewohnerinnen nur Spott. Mit gesunder Gesichtsfarbe belagerten sie fröhlich feixend meine Schlafstatt und berichteten mir von ihren erholsamen Wochenenden bei einem Jazzfestival und einer Wandertour im Harz. Als ich dann nur unzusammenhängende Sätze von mir geben konnte, erwärmten sich ihre gut durchbluteten Herzen angesichts meines Gejammers: „Meine Güte. Du hast doch einen Sockenschuß, da jedes Jahr hinzufahren. Das klingt wie Gottes Strafe für Homosexualität, nicht wie Liebe, Lesbisch, Lustigsein!" Eigentlich wollte ich noch einwenden, daß wir alle einen Sockenschuß haben und ich es genau deswegen so großartig finde, lesbisch zu sein, aber das habe ich irgendwie in meine wirren Träume eingebaut. Selbstverständlich bin ich im nächsten Jahr wieder hingefahren und das Jahr darauf auch.

Nach ungeheurer Überanstrengung und enormem Streß schüttet der menschliche Körper Endorphine, die sogenannten Glückshormone, aus, ebenso Adrenalin, das bei einem dauerhaft hohen Anteil im Blut zu LSD6 zerfällt – der halluzinogenen Droge LSD nicht unähnlich. Ebenso werden körpereigene Opiate produziert. Nur damit ist zu erklären, warum die LFT-Teilnehmerinnen so selig lächelnd in ihre Heimatstädte zurückfahren und fast alle wie die Zugvögel wiederkehren.

Zu guter Letzt möchte ich mich nochmals bei der Rollifahrerin entschuldigen, der ich als völlig überforderte Schutzlesbe eine „Hosteß" andrehen wollte, weil ich mir nicht merken konnte, daß die Helferinnen für sogenannte Krüppellesben auf einmal „Assistentinnen" hießen. Ihr enttäuschtes Gesicht verfolgt mich heute noch im Schlaf.

Ebenfalls meine Entschuldigung an das Lesbenpärchen, das ich fälschlicherweise in Freiburg verfolgt habe, weil ich sie für Heteros hielt, die mit ihrem Chihuahua Gassi gingen. Göttin sei Dank konnten wir dieses peinliche Mißverständnis noch aufklären. Es handelte sich um ein ganz famoses und klassisches Butch/Femme-Paar!

Ich bin eine miserable Schutzlesbe. Nächstes Mal passe ich wohl besser auf die Kinder auf.

Zwischen Isomatte und Liebesgeflüster

Vor dem Einchecken auf dem Lesbenfrühlingstreffen ergibt sich die ungeliebte Schlafplatzfrage, denn nicht alle haben gerade in dieser Stadt tolerante Familienangehörige oder sich vorher so fleißig durch die BRD geschlafen, daß sie auf ein dickes Adreßbüchlein zurückgreifen können. Neben Zeltplätzen für die beinharten Campingfans werden meistens Schulturnhallen zur Verfügung gestellt.

Es empfiehlt sich, frühzeitig anzukommen, um noch Bänke oder Matten zu ergattern. Schulische Foltergeräte wie Barren eignen sich auch als Garderobe oder Sichtblenden für Separatistinnen. Die deutsche Lesbe an sich hat die intuitive Gabe, die

Sportgeräte so um sich und ihre Bezugsgruppe zu inszenieren, daß es in jeder Halle mindestens vier kleine Schrebergartenkolonien gibt. Dadurch können diverse Städte und überregionale Interessenverbände sofort lokalisiert werden: Hinten links lagert Mainz/Wiesbaden, rechts vorne die feministische Antifa aus dem Ruhrgebiet, die kleinen Inseln sind Beziehungen.

Die Turnhallen erinnern ein wenig an die Raumstation *Deep Space 9* aus der Fernsehserie *Star Trek*. Nirgendwo gibt es so viele verschiedene Lebensformen wie hier. Die Ferengi-Lesben verdienen sich gemäß der 240 Erwerbsregeln goldene Ohren mit Kaffee und Tee vor den Eingängen, denn verständlicherweise sind Gaskocher in der Halle nicht so gern gesehen. Und am Morgen ist das Mikrouniversum Turnhalle sauer auf die ungehobelten klingonischen Lesben, die die ganze Nacht betrunken wie die cardassianischen Nattern gegrölt und attraktive Frauen angeknurrt haben. Die subhumanoiden Spezies sind ebenfalls zahlreich vertreten: Teddys, grüne Nilpferde und kleine Schlafkissen aus der Heimatwelt bewachen die Lagerstätten ihrer Herrinnen.

Die Empfindlichkeiten jeder einzelnen müssen in einem Raum mit bis zu 300 Übernachterinnen selbstverständlich berücksichtigt werden. So gibt es zum Beispiel ein generelles Hundeverbot nicht nur in den Turnhallen. Dennoch aktivierte beim LFT in Heidelberg 1995 eine verstimmte Dame frühmorgens, als alle braven Mädchen schliefen, die grausame Neonbeleuchtung und kreischte hysterisch durch die ganze Halle: „Ist hier irgendwo ein Hund? Ich habe einen Allergieschub. Bringt sofort den Hund raus!“ Einen Hund gab es zwar nicht, dafür aber einen akuten Ausbruch von Lesbenallergie bei den im Schlaf Gestörten.

Überhaupt steht immer mal wieder irgendeine der Anwesenden (oder womöglich mehrere) mit Morpheus, dem Gott des Schlafes, auf Kriegsfuß. Damen mit Augenrändern bis zum Äquator fordern jedes Jahr vergeblich Ruheräume (oder besser noch schalldichte Isolierzellen) für Schnarcherinnen. Jede, die einmal eine Beziehung mit einer dieser Nasensägen gehabt hat, kennt den Ausredenkatalog, mit dem sie sich aus der Affäre, aber leider nicht aus der schnarchintensiven Rückenlage winden.

Ebenfalls in Heidelberg entstand die revolutionäre Forderung nach Beischlafkabinen, die bislang noch nicht durchgesetzt werden konnte. Als dieser Vorschlag beim Abschlußplenum von einer mutigen Dame vorgebracht wurde, tobte wie immer die Anti-S/M-Diskussion. Das ist natürlich wichtiger als menschliche Grundbedürfnisse. Warum machen sich die Veranstalterinnen eigentlich nie Gedanken darüber, wohin zwei Frauen verschwinden können, wenn sie Sex haben wollen? Weil sie als Ortsansässige ein Zuhause mit einem eigenen Bett in noch in derselben Nacht erreichbarer Nähe haben. Umfragen hatten damals ergeben, daß sich die meisten Sex verkneifen oder in die Turnhallen gehen. Das ist sehr unbefriedigend. Außerdem sind diese tagsüber verschlossen und abends so was von öffentlich, daß man schon ein wenig exhibitionistisch veranlagt sein muß, um das eigene Sexleben mit ein paar hundert Frauen zu teilen. Für diejenigen, die einfach nur ein wenig schlafen wollen, ist es andererseits sehr nervig, neben sich das „Du hast so schönes blondes Haar“-Gesäusel aus der Finsternis anhören zu müssen, ganz zu schweigen von dem aufdringlichen Schlafsackgeraschel. Und wenn du dich selbst gerade mitten in Ekstase befindest, kann es sogar passieren, daß dir eine wildfremde Frau mit einer Taschenlampe ins putenrote Gesicht leuchtet und sagt: „Oh, ich dachte, du bist die Katrin aus Gelsenkirchen. Ihr habt so eine ähnliche Stimme.“ Da hilft eigentlich nur eins: besser verdienen und schleunigst ins Hotel umziehen.

Ihr Deo hat Feierabend, sie noch lange nicht

Eine der ersten Erkenntnisse lesbisch-schwuler Zusammenarbeitsreflexion war: „Was die Lesben zuwenig haben, haben die Schwulen zuviel.“ Nämlich Sex, Faxgeräte und Duftwässerchen.

Der auffallendste Unterschied zwischen einer rein schwulen und einer rein lesbischen Kneipe ist die Zusammensetzung der Luft. Bei den Jungs riecht es meistens wie auf einem Mädchenklo während der großen Pause. Auch dort muß man direkt Angst haben, sich eine Zigarette anzuzünden, weil sämtliche Frisuren im Umkreis von fünf Metern Feuer fangen könnten.

Derlei Risiken bestehen bei den Damen eher selten. In ihrer Gesellschaft riecht es mitunter recht natürlich. Besonders im Sommer. Statistisch gesehen haben Lesben mehr Chancen zur Körpergeruchsbildung als Schwule, weil sie sich selten bis gar nicht zu anonymem Sex in Saunen und Duschen treffen. Dafür allerdings treten Lesben auch nicht so oft in Tierhäufchen, die nur beim nächtlichen Cruisen in Parkgebüschen zu finden sind.

Jedenfalls bin ich zu dem Schluß gekommen, daß die Jungs nur deswegen ausgiebig in teuren Parfüms baden, weil sie die Unmengen an Designerfläschchen aufbrauchen müssen, solange sie noch in sind. Nach *CKone*, *Cool Water*, *Obsession* und *Kenzo* kräht doch heute kein Hahn mehr. Hennen wohl eher, denn sollten sich die Modedüfte trotz verschwenderischen Gebrauchs nicht schnell genug leeren, können sie immer noch per Care-Paket an die finanziell schwächeren Lesben weitergegeben werden.

Lesben haben nämlich ein Faible für Herrendüfte, derer sich die Urninge von Welt eher schämen würden. Es ist schon auffällig, auf wie vielen Frauenkörpern *Axe*, *Gammon* oder *Cliff* verteilt werden. Ganz zu schweigen von Toilettenwassern wie *Davidoff*, *Adidas* oder *Lagerfeld Photo*. Leider wurde nie die Schuldige gefunden, die behauptet hat, *Old Spice* sei das ultimative Parfüm für Butches. Was da mit einem „würzig männlichen" Geruch assoziiert wird, riecht strenggenommen nach „betrunkener Papa auf Schützenfest". *Fahrenheit* zum Beispiel ist ein derart dominanter Duft, daß die ihn tragende Frau getrost für ein paar Tage mit dem Duschen aussetzen kann. Das merkt kein Schweinerüssel.

Und überhaupt, das tägliche Waschen! Da in einer recht naturbelassenen Hippie-Lesbenszene Deodorants uncool sind, kommt es auf Frauenfesten trotz Zigarettenrauchs immer wieder zu Begegnungen der feinstofflichen Art, die für einige schwer zu ertragen sind. Es reicht schon eine Schwester mit nachlässiger Duschdisziplin aus, um die Abstände zwischen den Lüftungspausen deutlich zu verkürzen. Von allen Deos dieser Welt verlassen, transpiriert sie sich durch die Räume, und keine traut sich, ihr schonungsvoll beizubiegen, daß sie sich geruchlich ein Stückweit zu engagiert einbringt.

Die Hygienemuffel haben leider die Gabe, die eigene olfaktorische Umfeldbelästigung nicht zu bemerken. Aber macht es denn keine von ihnen stutzig, wenn sich wildfremde Hunde auf ihren Pullis wälzen wollen?

Bei Menschen mit Mundgeruch hilft ein einfacher Trick. Man steckt sich selbst ein Kaugummi oder Hustenbonbon in den

Mund und fragt unschuldig: „Möchtest du auch eins?“ Schlecht, wenn diese Person gerade in homöopathischer Behandlung ist, aber meistens funktioniert es. Doch was tun, wenn es sich um veraltete Achselnässe handelt? Frau kann sich ja schlecht so lange aufs Klo stellen, bis die Müffelnde vorbeikommt und ihr dann ein Mein-*Bac*-Dein-*Bac* unter die Nase halten: „Willst auch mal? Kommt echt gut!“ Die Angesprochene könnte womöglich eine trockene Deoholikerin sein.

Für solche harten Fälle lockt der Naturkosmetikfachhandel mit sogenannten Deokristallen. Deren Konsistenz läßt jedoch die Problemzonen unter den Armen nach mehrmaligem Auftragen wie eine Tropfsteinhöhle aussehen. Das ist kein schöner Anblick, zumal bei vielen Lesben das Achselhaar länger als die Frisur ist.

Da lobe ich eine Bekannte von mir, die in einer Kneipe bemerkte, daß sich ihr Antitranspirant verflüchtigt hatte. Sie zögerte nicht und rief beherzt in die Runde: „Ich habe hier einen Notfall. Ich brauche sofort ein Deo! Ist hier irgendwo ein Deo im Raum?“ Vielleicht ist das ein bißchen neurotisch, aber immerhin hat sie soziale Kompetenz bewiesen und dabei die Umwelt geschont.

Sicherlich gibt es auch Situationen, in denen Lesben sich nicht so sehr mit ihrer Sozialverträglichkeit beschäftigen wollen. Beispielsweise nach dem Kampfsportunterricht. Der ist ja schließlich dazu da, andere von sich fernzuhalten. Verständlich also, daß die Feierabend-Amazonen ihre animalisch-wehrhafte Aura beibehalten wollen. Trotzdem ist der Einsatz von biologischen Kampfstoffen international geächtet. Und so sollte es auch bleiben.

Schweiß kann ja eigentlich ganz sexy sein, den darin enthaltenen Lockstoffen sei es gedankt, aber auch Pheromone haben eine Halbwertzeit. Es ist im übrigen nichts gegen abgestandenen Schweiß als Fetisch einzuwenden, jede nach ihrer Façon, aber es gibt bizarre Spiele, von denen ich verschont bleiben möchte. Zumindest will ich noch entscheiden können, wessen Transpiration durch mein Riechorgan ins Gehirn gefiltert werden soll.

Vielleicht entdecken findige WissenschaftlerInnen, wenn sie die Suche nach dem Homo-Gen endlich aufgegeben haben, daß es anatomische Unterschiede zwischen Schwulen und Lesben auch im Nasenbereich gibt. Von Lesben ist ja bereits bekannt, daß sie schlechter hören. Warum sollten sie nicht auch andere nasale Rezeptoren haben? Das wäre doch ein schönes Forschungsprojekt, für das wieder Milliarden an Steuergeldern, die die Aids-Forschung ja nicht braucht, verschleudert werden können.

Am Ende wird wohl dabei herauskommen, daß Nasenbetäubung die Nebenwirkung von Schwulsein ist und daß Lesben einfach anders-riechend sind.

Feiern
von Frauen für Frauen

Manchmal ist es geradezu ein Fluch, zu einer Minderheit zu gehören, deren einziger Konsens in der sexuellen Präferenz besteht. Das heißt nicht nur, sich irgendwann in einem unvermeidbaren Knäuel aus Bekanntschaften verstrickt zu haben, von denen man die Hälfte eigentlich niemals wiedersehen wollte, sondern auch noch, sich ständig über die Füße zu stolpern, weil wir uns einfach nicht aus dem Weg gehen können, ohne gleich die Stadt wechseln zu müssen.

Lesben sind überall.

Und an Wochenenden sind wir ausgerechnet alle am gleichen Ort, nämlich auf der nächstgelegenen Frauenparty. Richtig schlimm wird es erst dann, wenn es sich dabei um eine Kleinstadt handelt, in der mehr oder weniger alle schon einmal miteinander im Bett waren oder dies tun wollten und ganz schrecklich abgeblitzt sind. In dieser klaustrophoben Atmosphäre möchten die wenigsten feiern, aber es führt einfach kein Weg dran vorbei.

Es ist Samstag, die Kinos und Kneipen haben schon geschlossen, die Bürgersteige sind hochgeklappt, und Hetendiscos kommen sowieso nicht in Frage. Bleibt also nur eine Alternative zur öden Zweisamkeit vorm Fernseher: Rein in die Birkenstocks und ab ins Frauenzentrum!

Die Frage nach dem „Was ziehe ich bloß an?" betrachtet frau eher gelassen. Die meisten sehen sowieso aus, als wären sie gerade vom WG-Tisch aufgestanden – sind sie wahrscheinlich auch. Dies soll auch der Grund sein, weshalb Partys außerhalb der Ballungszentren schon vor Mitternacht beginnen.

Gleich am Eingang steht die vergnügungssüchtige Lesbe vor einer schwerwiegenden Entscheidung. Den Eintrittspreis muß sie nach Selbsteinschätzung bezahlen. Das bedeutet jedoch nicht, daß sie beurteilen muß, ob sie sich heute mehr nach fünf oder mehr nach zehn Mark fühlt, sondern wieviel Freizeitspesen das eigene Einkommen verkraftet. Da sich diese Sorte Party eher über Getränke finanziert, zeigt man sich durch den Eintrittspreis solidarisch mit einem guten frauenpolitischen Zweck.

Dabei geht es nicht so diskret zu wie in der Kirche. Nein, die Dame am Eingang wird jede Gästin einzeln fragen, wieviel sie denn in den Klingelbeutel zu werfen gedenkt. Schlau ist es, sich für einen Mittelwert zu entscheiden. Gibt frau zuwenig, halten sie alle für unsolidarisch und herzlos. Gibt sie zuviel, und ihr wird später die teure Goretex-Jacke (ein elterliches Geburtstagsgeschenk) geklaut, bekommt die Gästin wahrscheinlich zu hören: „Kauf dir doch 'ne neue. Du hast doch genug Kohle."

Wenn die erste Spießrute gemeistert ist, sollte sich schnellstens am Getränkeausschank erkundigt werden, ob mal wieder alkoholfreie Disco ist. Hin und wieder kommen die Organisatorinnen nämlich auf solche Ideen. Feministische Projekte können ja nicht einfach mal feiern, nein, sie brauchen erstens einen Anlaß und zweitens auch einen Anspruch. Die übliche Erklärung für Prohibition ist, daß es irgendwo in dieser Stadt vielleicht eine trockene Alkoholikerin geben könnte, die leider zu Hause bleiben muß, weil der Anblick von geistigen Getränken sie auf direktem Weg zurück in die Therapie treiben würde.

Als Alternative werden an solchen Abenden meistens alkoholfreie Cocktails aus einem *Brigitte*-Partyratgeber angeboten, die dann doppelt soviel wie ein normales Bier kosten und die die Schlangen am Tresen proportional zum Geschick der jeweiligen Bedienung verlängern.

Die Theken sind mit freiwilligen Helferinnen besetzt, die das Machtgefälle zwischen Bittstellerin und Serviceleisterin in unkündbarer Stellung zuweilen schamlos ausnutzen. Es ist immer von Vorteil, die Herrinnen der Getränkekästen mit Vornamen zu kennen oder von derart gewinnendem Äußeren zu sein, damit sie die durstigen Frauen auch erhören, die mit trockenen Zungen nach Wasser schmachtend vor ihnen stehen.

Es hat auch überhaupt keinen Sinn, den eigenen Unmut über die zähflüssige Bedienung zu äußern. Trinkgeld bekommen sie eh nicht, daher fällt diese Motivation von vornherein aus. Hier wird gearbeitet, weil wir ja Frauen liebhaben und es schön finden, etwas zusammen zu machen. Genaugenommen handelt es sich auch nicht um Arbeit, sondern um Freundschaftsdienste. Also immer lächeln und nie nörgeln, sonst fällt der ehrenamtlichen Barkeeperin ein, daß gerade ihr Lieblingslied gespielt wird und sie mal kurz tanzen gehen muß.

Mit einer lauwarmen Apfelsaftschorle in der Hand wendet sich die Besucherin nun der Tanzfläche zu.

Die Plattenauflegerin – oder DJane, wie sie sich auch auf dem flachen Land mittlerweile nennen darf – ist immer noch eher eine Kassettenspulerin und CD-Einlegerin. Sie hat den am wenigsten beneidenswerten Job. Die Anlage wird belagert von abgestellten Gläsern und Frauen, die ihr Musikwünsche zubrüllen: „Spiel doch mal was Bekanntes!“ oder „Ich hab dir hier ‘ne gaaanz tolle CD mitgebracht. Da ist ein Lied drauf, das hat eine Frau von einer Rückführung mitgebracht“. Am spaßigsten ist das hilflose Gesicht der DJane, wenn zum x-ten Mal an diesem Abend vorgesungen wird: „Hast du das Lied von … äh … hab den Namen vergessen, aber das spielen die dauernd im Radio. Das geht so: DaaDidütitaDaDummDumm. Du weißt schon, was ich meine.“ Weiß sie natürlich nicht. In Panik wird sie dann *Deeper Love* von Aretha Franklin auflegen oder Melissa Etheridge oder *Sing Halleluja*. Damit kann sie einfach nichts falsch machen.

Haben sich dann alle warmgetanzt, wird unter Garantie die Musik ausgemacht, weil entweder dringend gelüftet werden muß oder weil noch drei Lesben für den Schutz fehlen. Die Fenster werden aufgerissen, der gesammelte Party-Odem entweicht, und alles rennt zur Theke. Auf der Tanzfläche stehen noch einige Frauen verloren herum, da ihre Tarnung in der wogenden Menge aufgeflogen ist und sie jetzt nicht wissen, in welche Richtung des Raumes sie sich verziehen sollen, weil sich in allen vier Ecken Ex-Freundinnen postiert haben. Die aktuelle Freundin ist in solchen Momenten immer auf dem Klo. Also schlendern sie möglichst unbeteiligt hinaus, um sich hinter einer Zigarette zu verstecken.

Denn ausgerechnet heute ist auch rauchfreie Frauenparty. Das heißt, der kommunikative Teil findet während des gesamten Abends vor der Tür statt. Dort stehen dichtgedrängt die Süchtigen und qualmen gegen ihre Gesundheit an. Ihr Pech, wenn es gerade regnet oder schneit. Aber das erschüttert keine so richtig; das kennen wir alle noch aus dem Landschulheim.

Die Fenster werden geschlossen, die Schutzlesben sind auf ihren Plätzen, und die Musik schmettert durch die Boxen. Die Frauen treten die Zigaretten aus und gehen wieder auf ihre Ausgangspositionen.

Meine ganz persönlichen Lieblinge sind diejenigen, die dir in sehr frei definierten Tanzimprovisationen Spiralen durch den Raum ziehend ins Kreuz springen und sich nicht einmal entschuldigen, weil sie gerade „ganz in ihrem Körper" sind und du in ihrer Aura stehst. Die eigenen körperlichen Näheprobleme zählen in diesem Fall nicht.

Passionierte Brillenträgerinnen wie mich erfreut das ganz besonders wenig, weil ich mich ständig ducken muß, wenn wieder ein übermütiges Armpaar wie ein Ventilator vorbeiwirbelt.

Lesben machen ja niemals irgendeinen Spaß, ohne vorher dazu einen Workshop besucht zu haben. Diese Sorte Tänzerinnen hat ihre seltsamen Figuren, Pirouetten und Sprungkombinationen zumeist in einem Wochenendkurs in einem Frauenferienhaus erlernt. Überall in den Frauenorten der Stadt hängen Zettel aus, die ihre wahren Motive auf diesem Frauenfest entlarven:

„Contact-Improvisation für Frauen. Wir wollen den Tanzboden erobern ... allein, zu zweit, zu dritt, mit allen. Mal fließend, mal

holperig, mal vorsichtig, mal kämpferisch! Bringt bequeme Kleidung und eine Wolldecke mit."

Ein perfider Trick ist das, einfach die Schuhe auszuziehen und barfuß auf ganz schutzlos machen, während sie sich ihren Raum „erobern".

Am Rand der Tanzfläche stehen einzeln auffallend junge Frauen, die mißbilligend auf die enthemmten Damen blicken, die sich ihrer Meinung nach gnadenlos zum Löffel machen. Wie kann man sich nur so entwürdigen und offen Spaß haben? Haben die noch nicht verstanden, daß frau jetzt aussehen muß, als wäre sie aus einem Boygroup-Video gefallen? Klamotten in XXL bei Körpergröße XXS, auf kleines Jüngelchen machen und maximale Coolheit bei minimaler Intelligenz. Das ist jetzt schick! Ihren finsteren Mienen, die noch viel zu elastisch sind, um echte Falten der Verachtung zu tragen, ist anzusehen, daß sie jetzt eigentlich lieber ganz woanders wären, nämlich in Berlin (Köln/Frankfurt/Hamburg). Da ist angeblich alles viel besser. Die Frauen sind toller, die Musik ist moderner, und da bekommt man bei McDonald's schon ab fünf Uhr morgens Frühstück. Diese jungen Spaßbremsen werden allerdings sowieso bald dorthin ziehen, wo alle genauso cool tun wie sie, und dann werden sie wieder an einer Tanzfläche stehen und sich beschweren, daß alle so oberflächlich sind. Das ist die Gerechtigkeit, die man sich vor Mauerfall von dem Spruch „Dann geh doch nach drüben!" erhofft hatte.

Spätestens wenn die Schmusemusik einsetzt, sollte unbedingt in Betracht gezogen werden, das Frauenfest zu verlassen. Die Theke ist nur noch zur Hälfte besetzt, weil eine der Ehrenamtlichen sich mit ihrer Ex-Freundin versöhnt hat und neben den anderen Pärchen knutschend auf einem der abgewrackten Sofas sitzt. Außerdem werden noch drei Lesben für den Putz gesucht. Auf den Toiletten gibt es schon lange kein Klopapier mehr, und im Waschbecken sind Blutflecken, weil irgendeine Mensgebeutelte ihr Monatsschwämmchen dort ausgewrungen hat.

Was für schwul-lesbische Partys *Thank You for the Music* von ABBA bedeutet, ist hier die Live-Version von *Troy* der singenden Nonne Sinéad O'Connor. Spätestens bei dem mitreißenden Schrei *„You're still a fucking liar!"* geht die Party erst richtig los.

Frauen fangen an zu flennen, eine rennt raus, eine hinterher, eine schreit: „Wenn du jetzt gehst, dann brauchst du gar nicht mehr zurückzukommen!“, eine andere sucht panisch ihre Goretex-Jacke (die sie im Auto vergessen hat), und die DJane fühlt sich an allem schuld.

So viel hemmungslos zur Schau getragene Intimität ist als Unbeteiligte einfach schwer zu ertragen. Mit ein bißchen Glück fangen im Fernsehen sowieso gleich die Wiederholungen von *Star Trek* an.

Die Legende besagt, daß Lesben irgendwann die gleiche Idee hatten, auf die die meisten Internatsschülerinnen zur Zeit der eintretenden Geschlechtsreife automatisch kommen, also genau dann, wenn Mädchen anfangen, sich richtig amüsieren zu wollen – sie besuchen die Partys der Jungs.

Angeblich treibt es immer mehr Lesben zu den Schwulen, weil die Musik besser ist. Gay-Happening-Sampler und deutscher Schlager machen diesem Argument gegenüber mißtrauisch. Es ist eher zu vermuten, daß die Beschallung leichter zu ertragen ist, weil frau sich dort die provinzielle Ödnis und ihre im günstigsten Fall pittoreske Kleinstadt hemmungslos schöntrinken und -rauchen darf.

FrauenLesbenkneipen ohne Mercedes, aber mit Hund

Irgendwie ist es schon ein bißchen schade, daß die FrauenLesben-Kneipenabende zunehmend verschwinden, auch wenn sie keine so richtig vermissen wird.

Da sich Frauen in den wenigsten Fällen eine eigene Kneipe leisten können und Schwule ein geschickteres Händchen für Schanklizenzen und Umsatz haben, mußten die meisten Damen zu den Jungs umziehen. Doch vor ein paar Jahren noch unterhielt jede Kneipe, die sich einen links-alternativen Anstrich gab, vorzugsweise in Uni-Städten, einen solchen FrauenLesbentag.

Das Publikum des abendlichen frauenbezogenen Trinkens besteht zumeist aus abgekämpften Sportgruppen, aufgelösten Plena oder Heilpraktikerinnenstammtischen. Die Unorganisierten sind fast ausschließlich Lesben und natürlich Heteras, die sich gerade mal wieder von ihrem Typen getrennt haben, weil der sich wie alle männerbewegten Softies als Schranksexist geoutet hat.

Je nach Diskussionsstand des FrauenLesben-Thekenkollektivs haben auch Hunde Zutritt – aber nur solange keine Besucherin gebissen oder eine Tresenkraft mit vollem Tablett über eine dieser Promenadenmischungen mit rotem Halstuch stolpert. In den wenigsten Fällen wird das gefallene Mädchen Solidarität erfahren, sondern sich eher ein wenig einfühlsames „Hey, paß doch auf, wo du hintrittst! Wenn sie Angst hat, dann verteidigt sie sich eben. Das ist jetzt echt deine Verantwortung!" anhören müssen.

Beim nächsten Plenum wird dann beschlossen, das „Männer müssen draußen bleiben"-Schild mit „Hunde" zu ergänzen. Aber auf diesen Entschluß ist selten dauerhaft Verlaß, weil niedliche Hunde bei der Kontaktaufnahme wettmachen, was die Besitzerin an intelligenter Konversation nicht zu bieten hat. Und so steht jede gestrenge Hunde-Raus-Vertreterin unter dem schwerwiegenden Verdacht, herzlos zu sein, wenn sie auf das „Ach, mein Hundi ist ganz lieb, die macht nichts" nicht reinfallen will.

Frauenkneipenprojekte haben oft diesen unverkennbaren Geruch von selbstgedrehten Zigaretten, den Restspuren von Ökowaschmitteln, Schweiß, nassem Fell und Vokü bzw. Volxküche. Letzteres ist eine etwas altmodische, sozialromantische Veranstaltung von Mittelschichtskindern, die Obdachlosenküche spielen. Dabei kosten allein die ökologisch und politisch korrekten Zutaten aus dem Bioladen bereits mehr, als ein Obdachloser im Monat versaufen kann.

Entsprechend ist die Speisekarte auch gesund und wenig aufregend: Suppen, Gemüsequiches, Baguettes oder Kuchen – nicht gezuckert, dafür mit Honig gesüßt. Die Getränkekarte bietet seltsame Hanf- und Ökobiersorten und Kaffee aus Nicaragua, der zärtlich *Sandino Dröhnung* genannt wird, obwohl sich kaum noch eine daran erinnert, wer Somoza war und was die Sandinisten mit den Contras zu tun hatten.

So neumodisches Zeugs wie *Heineken*, *Fosters* oder *Corona* gibt es nicht. Geschweige denn Cocktails. Wir sind ja hier nicht bei den Schwulen.

Im Hintergrund dudelt je nach Thekenbesetzung kolumbianische Kaffeepflückerfolklore, die vor allem bei den Frauen beliebt ist, die kein Wort Spanisch verstehen. Bis dann eine lateinamerikanische Lesbe entrüstet bei der nächsten Bestellung anmerkt, daß sie nicht gedenkt, sich diesen faschistoiden Sittenstrolch von Sänger noch länger anzuhören. Mit Mercedes Sosa wär das nicht passiert. Wahlweise wird dann eine k.d. lang-, eine Jan & Ilse- oder eine Mix-Casi eingelegt, die tapfer ihre Runden im Taperecorder nudelt, bis alle die „Frauen sind super"-Texte mitsingen können.

In den dunklen Nischen der Kneipe sitzen Pärchen schweigend ins Gespräch vertieft. Selten nur trauen sich die Thekenfrauen in diese Problemzonen, um die Leichen dahingemeuchelter Pappdeckel oder brutal zerknibbelter Haushaltskerzen wieder einzusammeln. Blauer Dunst umgibt die Damen wie eine arg verhangene Aura. Hin und wieder pustet eine schwermütig in den Aschenbecher und hinterläßt eine Mordssauerei auf dem Bistrotisch. „Du, was ich zu neulich noch sagen wollte ..."

Aber kein Phönix ist so freundlich, sich aus der Asche zu erheben und die erlösenden Worte zu sprechen. Welches Sagenwesen ist schon so sagenhaft blöd, in einem übervollen und ungemütlichen Frauenkneipenprojektaschenbecher zu wohnen. Also wird eine der Frauen selbst den ersten Anlauf nehmen müssen, um sich von ihrer Freundin zu trennen: „Du, ich glaube, die Dinge sind für uns nicht so gelaufen, wie wir uns das gewünscht haben."

Die still angeflehte Göttin aus der Maschine – die nur den drögen Akademikerinnen als *dea ex machina* geläufig ist – hat leider wegen antipatriarchaler Technologiekritik keinen Zugang zu diesem Ort. Und so kann nur noch die feministische Therapeutin trennen, was schon lange nicht mehr zusammen kommt.

Das Beste an diesen Kneipen ist vor allem, daß sie wie Schwarze Bretter funktionieren. Ein Abend genügt, um herauszufinden, welche mit welcher gerade techtelt, ob das langersehnte Frischfleisch eingetroffen ist, welche sich mit welcher schon darum geprügelt hat und welche gerade einer Beziehung entkommen ist.

Öfter als einmal die Woche muß man das nicht haben, aber Spaß macht's doch – ein Stückweit.

Die XXX-Philen

Stell dir vor, du willst in deiner Frauenkneipe auf ein Bierchen vorbeischauen und kommst leider nicht mal durch die Tür, weil die ganze Kneipe voll ist mit Mann-zu-Frau-Transsexuellen, die sich unverschämterweise auch noch Lesben nennen.

Und das geschieht nicht nur in deiner Stadt.

Nein, im ganzen Land kommt keine Lesbe mehr in ihre Lieblingslokalitäten. Überall Geschnatter und Sektglasgeklirre und kein Platz mehr für dich. Du kannst sie sogar morgens mit der neuen *Lespress* an der Haltestelle stehen sehen. Irgendwo in den Kellern des Pentagons sitzt der zigarettenrauchende Mann und reibt sich die vergilbten Hände. Dem Patriarchat ist es endlich gelungen, mit umgebauten Männern die heile und reine Gemeinde der Lesbenwelt zu infiltrieren. Sie trinken unsere Kneipen leer, korrumpieren die Jugend und nehmen uns die Frauen weg.

Ganz Deutschland ist von den Transen besetzt. Ganz Deutschland? Nein, ein kleines Gehöft im Süden der Republik leistet erfolgreich Widerstand. Diese ehrenwerten Damen, die nur unwissende Menschen als „die letzten Vertreterinnen des menopausalen Feminismus" bezeichnen, wollten nicht auf die Expertinnen für Verschwörungstheorien Dana Scully und ihre Gattin Foxy Mulder warten und dabei tatenlos zusehen, wie Hunderte von Lesben mit einem minderwertigen Chromosom in ihren Hängematten schaukeln und sich an den nicht mehr vorhandenen Eiern kraulen. Kurzerhand schlossen sie ihr Feriendomizil, den legendären Lesbenhof Oberpfaffing, der seit einiger Zeit den kosmopolitischen Namen LESBIANS' trägt.

Im *Lesbenring-Info* 3/98 gaben die Oberpfaffingerinnen ihren Abschied als Ferienparadies bekannt. Natürlich ist den Damen nicht zuzumuten, daß sie einer urlaubsreifen Lesbe bei Ankunft erstmal in den Schritt fassen, um auch sicherzugehen, ob nicht doch eine Umgebaute die Gemeinschaft infiltrieren will. „Deswegen, liebe Lesben, könnt ihr ab diesem Sommer nicht mehr kommen: Keine Gruppen mehr, keine Paare, keine Einzelreisende. Oder sollen wir ab sofort am Telefon auf die Frage nach einem freien Zimmer mit der Frage antworten: Bist du eine Lesbe, die als eine Frau von einer Frau geboren worden ist?"

Das ist unzumutbar. Dem stimme ich zu. Ich möchte meine Mutter auch nicht fragen, ob sie eigentlich ein Mann ist, mein Vater heimlich schwul und ich nur adoptiert bin. Folgerichtig bieten die emsigen Streiterinnen gegen geschlechtliche Varianz ihre Workshops nur für „von Frauen geborenen Frauen" an. Das beweist doch, daß die Ausschreiberinnen dieser Seminare ihrer Zeit weit voraus sind und die zukünftigen Babys, die nicht mehr durch Vaginen schlüpfen, sondern nach einem gewissen Reifungsprozeß entkorkt werden, bereits mit einschließen. Eine schlaue Verbindung von Gentechnologiekritik und Kampf um das Recht auf eine biologisch eindeutige Mutter.

Auch von Medizin und Rechtschreibung – dieser perfiden Konspiration des Patriarchats – ließ „Lesbe" in Niederbayern sich nicht täuschen: „Wie kann ein mann, der körperlich angeglichen ist, lesbisch sein? Wer hat ihn körperlich angeglichen? Ein mann? Und nach welchem Bilde hat der geschaffen, geschnitten? Nach dem, wie ein mann sich eine Frau vorstellt? [...]"

Genau, das mußte endlich mal ans Licht der Wahrheit. In den Krankenhäusern schnitzen sich Chirurgen unter Ausschluß abertausender von lesbisch-feministischen Chirurginnen aus „männern" ihre eigenen Barbiepuppen. Gut, daß die Oberpfaffingerinnen verglichen haben!

Etwas weiter in ihrem Abschiedsbrief heißt es dann: „Wir glauben nicht an diese ‚Ehe' mit Schwulen, Transsexuellen etc. (Weil sie uns ästhetisch nicht genügen?)."

Damit stellt sich, wenn auch verhalten, die auf LESBIANS' ansässige „Freie Schwesternschaft lesbischer Künstlerinnen" eine historisch recht heikle Frage. Die künstlich erzwungene Vereinigung von Biologie mit Ästhetik würde dann vermutlich ergeben, daß Männer, Schwule, Transsexuelle – hetero wie homo, all das Gesocks mit einem Y-Chromosom eben – eine andere Schädelform haben, „uns" den Lesbenraum nehmen und kriminellen Neigungen wie Lesbencommunityzersetzung nachgehen.

Mit solchen Menschen will natürlich keine „echte" Lesbe die Bank teilen. Wir sind doch hier nicht in Israel, wo eine Transe, die hauptberuflich Liedchen über Respekt und Liebe trällert, ihren Ruhm dazu benutzt, bei jeder sich bietenden Gelegenheit Werbung für ein Leben außerhalb der zwangsheterosexuellen Norm zu machen! Womöglich wollen Dana International und Michaela Lindner auch noch in einer deutschen Lesbenkneipe zusammen Champagner schlürfen, um ihre erfolgreiche Infiltration zu begießen!

Soweit darf es nicht kommen, denken mittlerweile auch andere Lesben und schreiben sich ehrenamtlich die Finger wund für *ukz* und *ihrsinn*.

Einige dieser astreinen Superlesben nennen sich nun „xx-Lesben". Da möchte man doch fordern, daß auf den Lesbenfrühlingstreffen oder Lesbenwochen des Landes den Heldinnen der

„Haltet-unser-Ghetto-sauber“-Kampagne das Bundesverdienstchromosom verliehen wird.

Dann müssen die korrumpierten Transenliebchen und Verräterinnen dieser radikal-lesbischen Idee von Männlein und Weiblein nicht mehr traurig die Köpfe schütteln und sich in den Damenbart nuscheln: Die spinnen, die Oberpfaffingerinnen!

If you can make it there, you'll make it everywhere

Warum trifft man in den angesagten Homometropolen so selten Lesben, die dort auch geboren wurden? Weil die meisten irgendwann in jugendlichem Leichtsinn Opfer des gemeinen Gerüchts geworden sind, daß woanders alles besser sei. Sollte eine genau das nach ein paar Jahren immer noch von ihrer eigenen Stadt behaupten, enttarnt sie sich augenblicklich als Ex-Provinzlerin.

Die „echten" Berlinerinnen, Kölnerinnen, Frankfurterinnen oder Hamburgerinnen sind leicht daran zu erkennen, daß sie wiederum behaupten, in San Francisco (New York/London/Barcelona) sei alles noch viel größer, schöner und bunter.

Überall ist es besser, wo frau nicht wohnt.

Trotzdem begehen jährlich Hunderte von jungen Lesben Landflucht. Sobald die Landpomeranze ihre Habseligkeiten über die begehrte Stadtgrenze gebracht hat, leidet sie augenblicklich an einer bisher unerforschten Art Generalamnesie, die sie vergessen läßt, aus welchem Nest sie ursprünglich gekommen ist. Vielen ist es einfach zu peinlich, aus einer Gegend zu stammen, in der die spießige Kleinbürgerhölle ihren Schließmuskel geöffnet und solche Orte der Verzweiflung wie die Eifel oder das Eichsfeld geschaffen hat.

Sehr wichtig für den Eingewöhnungsprozeß in die neue Welt ist es, sich eine professionell urbane Attitüde zuzulegen – oder das, was Frischlinge dafür halten. Dabei gilt es, die eigene Vita möglichst geheimzuhalten.

Manche haben sich sogar in der Schulzeit in einer Umweltschutzgruppe engagiert und sich an jede Brennessel gekettet, nur um ihre Eltern zu ärgern. Davon will natürlich keine mehr etwas wissen. Denn „öko" ist gleich nach „provinziell" das schlimmste Schimpfwort, das einer Großstadtlesbe an den Kopf geworfen werden kann.

Früher nannte man alles, was einer selbst nicht ganz unähnlich war, aber aus Wahrung der eigenen Originalität nicht eingemeindet werden durfte, verächtlich „pseudo". Heute heißt das „provinziell". Das bedeutet so viel wie „Finde ich total doof" und ist genauso eine Nullaussage wie „Der Film ist total scheiße gemacht". So wie die wenigsten dieser neuen Hip-Schnitten erklären können, was an dem Film nicht stimmt, wissen sie auch nicht, was am Kleinstadtleben so scheußlich ist. Das haben sie ja verdrängt. Könnte die Befragte es doch erklären, müßte sie vielleicht zugeben, dort aufgewachsen zu sein.

Also kommen auf die Frage, was denn die ausgewählte Metropole so attraktiv mache, häufig so fadenscheinige Antworten wie: „Hier sind mehr super Frauen!"

Selbstverständlich sind in einer Millionenstadt mehr Frauen, und die Chance, daß unter denen auch noch welche „super" sind, liegt dementsprechend höher. Das ist nicht wirklich ein Motiv, sondern Mathematik.

Da bei einer begrenzten Anzahl von angesagten Großstädten die Möglichkeit steigt, alte Bekannte zu treffen, die ehemals den gleichen Kuhfladen im Profil ihrer Doc Marten's getragen haben, geraten die verheimlichten Lebensläufe immer wieder in Gefahr, enttarnt zu werden. Nichts ist so unangenehm, wie im neuerworbenen Freundeskreis Frauen wiederzutreffen, die noch wissen, wie man mit langen Haaren, undurchstochener Haut und Birkenstocks ausgesehen hat. Denn jetzt gehört die frischgebackene Urbanerin zur extra-hippen Ausgehgesellschaft und ist damit viel zu sexy für ihr Shirt.

Oft hilft da aber schon eine kleine Erpressung unter Freundinnen: „Wenn du nicht erzählst, daß ich mal in einem Menstruationsworkshop war, zeige ich auch nicht allen meine Fotos von dir und deinem Ex-Freund, dem Treckerfahrer."

Das bindet den gemeinsamen Stallgeruch und erklärt, warum sich in allen großen Städten die verschiedenen Vertreterinnen der deutschen Hinterwälder immer wieder zu kleinen Interessengemeinschaften zusammenfinden. Damit sind nicht die Schwäbinnen gemeint, die ihren Akzent nicht einmal mittels einer professionellen Sprachschule verlernen können und somit für Außenstehende leicht erkennbar sind. Vielmehr ist diese Spezies, die von Binnenrassistinnen immer nur mit ihrem Nationalgericht „Spätzle" assoziiert wird, überall auf der Welt in der Lage, gemeinsam ihre Häusle zu bauen, und das schaffen sie auch ohne aufgezwungene Schweigegelübde oder Mauscheleien.

Eine weitere Motivation, Haus und Hof in eine Metropole zu verlegen, ist das vielseitigere kulturelle Angebot. Auf dem platten Land geht frau schon mal zu Veranstaltungen, die sie nicht die Bohne interessieren, nur um Gleichgesinnte zu treffen. Dennoch wird geklatscht, mitdiskutiert und sich dem Gemeinschaftsgefühl hingegeben – auch wenn es sich um den Lyrikabend der örtlichen Gruppe schreibender Frauen handelt. Solche Anteilnahme wird es in der Großstadt nicht geben.

Denn auch die frisch zugezogenen Damen begegnen allem Dargebotenen mit einem arroganten „Haben wir alles schon gesehen"-Blick. Nachdem dieser ausreichend vor dem Spiegel einstudiert wurde, können die lesbisch-schwulen Kulturveranstaltungen ohne mit der Wimper zu zucken gemeistert werden. In den wenigsten Fällen kommt es darauf an, was geboten wird, sondern dortgewesen zu sein.

Da Prophetinnen und Propheten im eigenen Land bekanntermaßen nichts gelten, muß es schon jemand aus den USA sein, um das Herz eines snobistischen Publikums für sich zu erwärmen. Leslie Feinberg agitierte auf einem Vortrag 1997 so mitreißend für die Workers' Party, daß die anwesenden ZuhörerInnen, egal ob Fußvolk oder Prominenz, völlig aus dem Häuschen gerieten. Ein Teil des Publikums wollte sofort auch auf diese geile Arbeiterparty, während andere spontan ihren Beitritt zur Kommunistischen Partei planten. Nach zwei Tagen war dieses gemeinsame Gesinnungsbesäufnis vergessen, und das Kommunistische Manifest wurde wieder gegen die manifeste Tagesordnung eingetauscht. Davon geblieben sind nur die lesbischen Fans, die Leslie Feinberg schon vorher verehrt hatten, und ein paar Frauen zusätzlich, die sich auf den angesagten Partys der Stadt kleine Bärtchen anklebten, um nicht mehr nur lesbisch sein zu müssen, sondern queer.

Überhaupt gehört das korrekte Partymachen zum Standardprogramm einer professionellen Großstadtlesbe. Das „Was zieh ich an?" ist dabei genauso essentiell wie das „Wer bügelt mir mein Hemd?".

Diese Tanzveranstaltungen fangen erst deswegen so spät an, weil der größte Freizeitspaß darin besteht, sechs Stunden vor dem Kleiderschrank zu stehen und sich das passende Outfit zusammenzustellen. Leibchen aus Lack sind löblicherweise wieder in der Versenkung verschwunden. Dafür tragen die meisten jetzt Anzüge. Sollte es sich um eine „Queer"-Party handeln, ist die Wahrscheinlichkeit groß, daß die etwas wagemutigeren Lesben die klassische *Village-People*-Kostümierung wählen.

Auf diesen total trendsetzenden Feten stehen einzelne Cliquen übellauniger Junglesben herum, die alles grauenhaft zu finden scheinen, was versehentlich ihren Weg kreuzt. Diese Sorte Lesben würde sich auch nie auf einem Tanzboden entblöden und einfach nur Spaß haben. Es könnte ja eine den Spieß umdrehen und ihren Tanzstil kommentieren: „Wo hast du denn das gelernt? In Hackpfüffel oder in Bückeburg?"

Mit abschätzigen Blicken lassen sie jede, die nicht zu ihrem erlauchten Kreis gehört, wissen, daß sie a) zu fett für das lesbischschwule Schönheitsideal ist, b) in dem Alter nicht mehr auf solche Partys gehen sollte und/oder c) ihre Klamotten total out sind.

Sofern diese obercoolen Miesmacherinnen nicht zuvor eine Freundin über eine Kontaktanzeige gefunden haben, gehen sie allein nach Haus und weinen heimlich vor Heimweh in die Kissen. In dem Nest, wo ihre Wiegen stehen und Mutti so tollen Pflaumenkuchen bäckt, hatten sie wegen des Lesbenmangels wenigstens noch Chancen, Frauen auf Partys kennenzulernen.

Auch wenn sich Lesben im eigenen übervölkerten Wohnort so abgebrüht geben, wird er doch wie eine Religion verteidigt, wenn eine andere für Homosexuelle schicke Stadt in direkten Wettbewerb tritt. Die amüsanteste Auswirkung des großurbanen Lokalpatriotismus ist der alberne „Meiner ist länger"-Streit, bei dem Berlin und Köln um die meisten Wagen und BesucherInnen bei der CSD-Parade konkurrieren. Dabei lassen die KölnerInnen schon mal gerne unter den Tisch fallen, daß ihre Innenstadt hauptsächlich deswegen so überlaufen ist, weil die UreinwohnerInnen diese Veranstaltung für eine temperaturfreundlichere Variante des Karnevals halten. Solche Jecken bekommen sie an den herkömmlichen tollen Tagen nicht zu sehen.

Ebenfalls wird verschwiegen, daß das Berliner Villariba bereits gefeiert und sämtliche Aufräumarbeiten erledigt hat, wenn man sich in Villabajo am Rhein noch streitet, ob während der Demonstration Flugblätter verteilt werden dürfen oder weil der LSVD wieder ein Haar in der rosa Suppe gefunden hat. Nicht wenige BerlinerInnen fahren nach Köln, um von den eigenen Zwistigkeiten entspannt einfach weiterzutanzen, schließlich muß die Durststrecke bis zur Love Parade überbrückt werden. Außerdem hat Köln das Ruhrgebiet, die Niederlande, Belgien, RTL und sämtliche Talkshows auf seiner Seite. Als rheinländische Wahlpatriotin mit Wohnsitz in Berlin kann ich dagegenhalten, daß dafür „unser" CSD noch Demonstration heißt, weil sich zumindest ein Drittel der TeilnehmerInnen daran erinnern kann, daß Stonewall ein Aufstand war. „Wir" würden niemals so tief sinken und Bärbel-Schäfer-Look-alike-Wettbewerbe zulassen. „Wir" würden auch nicht tatenlos mit ansehen, wie sich kapitalistische Halsabschneider den Begriff „CSD" rechtlich schützen lassen, um sich eine goldene Nase zu verdienen. Würden „wir" doch nicht, oder?

Jetzt darf sich die Leserin natürlich fragen, warum ausgerechnet ich Lästermaul meine Zelte in Berlin aufgeschlagen habe. Dafür gibt es viele Gründe, auch einige der schon genannten. Aber auch, weil es hier unterm Strich genauso provinziell zugeht wie in den Kleinstädten, in denen ich vorher gewohnt habe – nur in einem größeren Maßstab. Die angeblich bessere Lebensqualität war es nicht; das ist eine recht zweischneidige Angelegenheit. Die Lungen sind so voll wie Staubsaugerbeutel, unter der Woche steht man mit dem Straßenverkehr statt mit den Hühnern auf, und an den Wochenenden unterliegt man auch hier dem Ladenschlußgesetz. Das läßt doch berechtigte Zweifel an den Vorteilen des Stadtlebens aufkommen. Immerhin sind wegen der Weitläufigkeit des Ortsgebiets Fernbeziehungen von Stadtteil zu Stadtteil möglich, deren Probleme stundenlang am Telefon zum Ortstarif ausdiskutiert werden können. Das ist kostengünstiger, als die Deutsche Bundesbahn und die Telefongesellschaften reich zu machen.

Eines auf jeden Fall ist attraktiver am buntschillernden Leben in den Homometropolen: Man kann es sich bei dem Überangebot an lesbisch-schwulen Events guten Gewissens übers Wochenende mit ein paar Videos und Chips vor dem heimeligen Fernseher gemütlich machen. Das Gefühl, etwas zu verpassen, verlernt sich schnell.

Und zu Hause ist es sowieso am besten, wo auch immer das sein mag.

Support Your Local Baggersee!

Leider leben wir in einer Sternzeit, in der es noch nicht möglich ist, Holodecks aufzusuchen. Und leider bleibt uns statt der kostengünstigen Simulation eines Meditationsworkshops auf Vulkan nur eine bittere Logik: Verreisen!

Es ist schon absurd genug, daß für ein wenig Abwechslung gearbeitet werden muß. Erst erwirtschaftet man sich psychosomatische oder handfeste Malessen, und dann verpraßt man das ganze Geld für ein wenig Erholung, nur um sich hinterher neue Zipperlein anzulachen.

Schon die Vorbereitung auf einen Urlaub ist ein ehrenamtlicher Nebenjob. Nervenzusammenbrüche wegen des geschrumpften Badeanzuges müssen noch therapiert, die Pflanzensitterin und die grüne Versicherungskarte beantragt werden. Eine Woche vor Abreisetermin sollte man für die Reiseapotheke keimfreie Mullkompressen erstehen, die Affäre abbestellen und die verderblichen Nahrungsmittel entsorgen. Den Hund kann man ausnahmsweise noch zwei Stunden vorher unauffällig verschwinden lassen.

Beim Kofferpacken geht der Streß dann erst so richtig los. Klimagerechte Bekleidung ist unbedingt erforderlich. Genau deswegen sollte man sowieso nie mit kleinem Gepäck verreisen: Das Weltklima ist dank unserer fleißigen Mithilfe sehr wankelmütig. Allein die Vorstellung, an einem Ort fern des eigenen Kleiderschrankes von einem atomaren Winter überrascht zu werden, macht frieren.

New Age, Rezession und Political Awareness haben den Anspruch modern gemacht, die spärliche Freizeit unbedingt mit etwas Sinnvollem zu verbringen. Es gibt Frauen, die verreisen als Arbeitsbrigaden in Länder, die nur noch von der Sozialromantik westlicher Linker am Leben erhalten werden, um mit Schwielen, Darmparasiten und ledergehäuteter Urlaubsreife zurückzukehren. Das funktioniert natürlich auch vor der eigenen Tür. Irgendein rauch- und alkoholfreies FrauenLesbenprojekt hat sicher Renovierungspläne. Da darf dann für einen geringen Unkostenbeitrag im Garten gezeltet werden. Für die Nahrungsaufnahme wird liebevoll makrobiotisch, linksdrehend und allergiefrei gesorgt. Zugegeben, nichts verbindet so sehr, wie tagelang ungeduscht bunte Steinchen spiralenförmig in frischen Zement zu pressen, bei Regen im Geräteschuppen zu rauchen oder heimlich ein Bierchen zu kippen. Dabei kann man sehr schön reden. Abends trällern die Heldinnen der Arbeit am Lagerfeuer Lieder zu Ehren der Göttin oder machen im Schutz eines kalten Zelts in einem klammen Schlafbeutel allein oder zu zweit Liebe.

Zelten halte ich persönlich für *die* Schnapsidee dieses Jahrhunderts. Was bitte schön ist romantisch daran, sich nachts auf den Fußboden zu legen und mit Ameisen um das Kissen zu kämpfen oder wie eine wehrlose Made im Schlafsack einer herumstreunenden Gang von Kleinstvampiren diverser Gattungen ausgeliefert zu sein? Jede, die nur eine Nacht mit einer Mücke in einem geschlossenen Raum verbracht hat, weiß, wovon die Rede ist. In freier Natur kann der rote Pustelkranz um den Bauch eine Gürtelrose vom Freizeitstreß oder der Trampelpfad einer Grasmilbenhorde sein. Beides ist schlimm und selbstverschuldet. Auf dem Boden schlafen ist an sich schon demütigend. Sind wir dafür von den Bäumen gesprungen, um Isomatten- und Schlafsackherstellern einen gemütlichen Urlaub in teuren Hotelbetten zu finanzieren?

„Zu Mutter Natur zurückkehren“ ist auch so ein hirnverbranntes Reiseziel. Die meisten unserer Mütter haben uns wohl in einem keim- und insektenfreien Kreißsaal mit fließend Warmwasser zur Welt gebracht. Und, hat es uns geschadet? Da verbringen so viele Töchter sauteure Therapiesitzungen mit ihren leiblichen Müttern in Form eines Kissens, verbocken die eine oder andere Beziehung genau aus diesem Grund, um dann in der Pampa ebenfalls im Morast zu wühlen. Das ist nicht logisch.

Besonderer Beliebtheit erfreuen sich Frauenreisen mit Bildungsurlaubszuschuß. Tagsüber Sightseeing, einheimischen Hausfrauen auf die rissigen Spülhände schauen und kollektiv betroffen sein. Danach trifft man sich in AGs zum ausgiebigen Sozialdemokrateln, Rotwein trinken und Angelo Branduardi hören. Wenn die Damen sich dann grün und blau besonnen haben, werden anschließend in der Disco die Techteleien klargemacht, während die zu jeder Gruppe gehörige ewig Ungeküßte auf die Jacken aufpassen darf. Das kann man zu Hause billiger haben.

Diejenigen, die sich nicht von Alm zu Alm treiben lassen, zieht es natürlich ans Wasser, weil das so entspannend, psychisch ungeheuer tief und metaphorisch sein soll. Das monotone Auf und Ab der Wellen ist so beruhigend, daß die passionierte Großurbanerin schon aus purem Trotz Herzrhythmusstörungen ausbrütet.

Es gibt diesen gemeinen Witz, demzufolge nur zwei Arten von Lesben nach Lesbos reisen: die, die gerade im Coming-out sind und glauben, es gehöre dazu oder die, denen nichts Originelleres einfällt. Fast das ganze Jahr über wandern kurzhaarige Frauen aller Nationen in Birkenstocksandalen, mit einer Axt um den Hals und einem kleinen Rucksack auf dem Rücken händchenhaltend über die Insel. Es wäre doch interessant zu hören, wie das eigentlich die griechisch-orthodoxen UreinwohnerInnen finden. So viel Campingmüll und Geschrei um eine heidnische (!), homosexuelle (!!) Dichterin, die auf junge Mädchen (!!!) stand?

Einen gemütlichen Urlaub kann frau auch in ihrer Stammkneipe verbringen, wenn sie unbedingt Geld ausgeben will. Warum eigentlich nicht den regionalen Baggersee unterstützen? Keine nervenaufreibende Hotel- oder Zeltsuche. Das eigene Bett in Reichweite. Keine Begegnungen mit Menschen, deren Nasen man eine Weile nicht sehen will. Die sind sowieso alle weggefahren. Und wenn das Frühstück zu wünschen übrig läßt, muß man eben mal einkaufen gehen.

Im Tretboot in Seenot

Jedes Jahr fahren Hunderte frischverliebter Pärchen in den Urlaub und kommen als Singles zurück. Was als gemeinsame Flitterwochen geplant war, entwickelt sich zum Horrortrip.

Wer träumt nicht im Alltag davon, einmal richtig Zeit für die neue Bekanntschaft zu haben und gemeinsam die von kapitalistischen Sachzwängen strapazierten Seelen baumeln zu lassen. Das kann Segen, aber auch Fluch sein. Denn nirgendwo lernt man sich so gut kennen wie im Urlaub.

Oftmals knallt es schon bei der Auswahl des Reiseziels. Die eine ist vielleicht mit Fasten, Natur und Ruhe zufrieden, aber die andere will Wein, Weib und Gesang. Sollte sich das Paar auf ein Ziel einigen können, lauert schon eine ganz andere Falle hinter der letzten Ausfahrt zum Ferienort. Oft genügt es nicht, den Namen der anderen zu kennen, zu wissen, wo sie wohnt und wer ihre Ex-Freundinnen sind. Im Urlaub ist man nämlich mit der neuen Errungenschaft allein – ganz allein.

Außerhalb der gewohnten Umgebung und der sozialen Kontrolle des Freundeskreises lassen viele die Hüllen fallen – und das nicht nur an Orten mit hohen Außentemperaturen. Völlig enthemmt enttarnen sich die zuvor noch als liebenswert schöngeredeten Macken der neuen Flamme als ausgeprägte Charakterbehinderungen.

Und nur weil sie in der Heimatstadt gerne Händchen hält, heißt das noch lange nicht, daß sie ihre ganze Aufmerksamkeit auch außerhalb des Konkurrenzbereichs der eigenen Gattin widmet. Womöglich findet man auch selbst plötzlich Gefallen an den vielen attraktiven Frauen, die sonnengebräunt und amüsierwillig den Alltag nicht allein schwänzen wollen.

Aber nicht nur entfesselte Eifersucht ist ein Urlaubskiller. Oftmals gehen die Vorstellungen schon bei dem Wort „Ausschlafen" weit auseinander. Obwohl die eine damit 10 Uhr morgens meint und den Tag mit einem Spaziergang am Strand beginnen möchte, bevorzugt die andere eventuell „Rausch-Ausschlafen" und schnarcht bis in den Nachmittag hinein. Oder der geplante Ausflug zu einer städtischen Wiege unserer Zivilisation findet ein jähes Ende in einem „kulturellen Mißverständnis". Wie peinlich, wenn die bessere Hälfte sich zu rassistischen Sprüchen wie „Du wollen meine Frau? Ich bekommen dafür zehn Kamele und einen Camcorder" versteigt und das auch noch für einen guten Witz hält.

Denn nichts ist demütigender, als erst am Urlaubsort festzustellen, daß sich an der Stelle, wo von einer rosabebrillten Geliebten zuvor ein Gehirn vermutet wurde, ein nasses Brötchen befindet.

Dann ist das Geschrei zwar groß, aber dafür ist es nun zu spät. Die Tickets sind bezahlt, das Hotel gebucht und die Nerven zerrüttet.

Wünschst du dir trotzdem noch, gemeinsam auf einer einsamen Insel zu sein?

Bevor du jetzt vorschnell antwortest, laß doch mal deine Ex-Freundin in spe folgenden Fragebogen ausfüllen – und dann kannst du dich immer noch entscheiden, ob du wirklich die schönste Zeit des Jahres mit dieser Person verbringen willst.

Fragebogen

1. Du stehst mitten in einer fremden Stadt und suchst *das* Kulturdenkmal. Wie stellst du das an?

a) Wenn diese Stadt was taugt, dann gibt es doch ein McDonalds an jeder Ecke.
b) Ich schmeiße meinen *Baedeker* in den Mülleimer und lasse mich vom Schicksal treiben.
c) Ich halte ein Taxi an und lasse mich hinfahren.

2. Du darfst drei Dinge auf eine einsame Insel mitnehmen. Für welche würdest du dich entscheiden?

a) Grill, Dosenbier und meine 5-Liter-Wasserspritzpistole
b) Bücher, Hängematte und ausreichend Schokolade
c) Handy, Kreditkarte und Insektenschutzmittel

3. Du bist im Urlaub. Was ist das erste, was du morgens hörst?

a) Die Frau, die gerade stark alkoholisiert über meine Zeltschnur gefallen ist
b) Das Hecheln der Atemgruppe im Garten
c) Den Zimmerservice

4. Du bist auf einer Wanderung durch den Wald und mußt dringend pieseln. Du

a) setzt dich kurz hinter einen Baum und wanderst dann weiter, ohne nur einmal deine Schuhe oder Hose zu kontrollieren.
b) rennst 100 Meter in das blickdichte Unterholz und vergräbst hinterher sogar das mitgebrachte Klopapier.

c) rennst zielstrebig zum Auto, fährst zurück ins Hotel und benutzt das komfortable Klosett mit Wasserspülung.

5. Wahre Abenteuer findet frau heutzutage noch
a) am Zoll.
b) in einer Buchhandlung.
c) im Haushalt.

6. Größter Alptraum im Urlaub wäre
a) wenn das Bier ausgeht.
b) ein Zeltplatz voller Ex-Freundinnen.
c) nichts Passendes zum Anziehen dabei zu haben.

Antworten

Überwiegend a-Typ: Sie ist ein Urlaubsproll. Wäre sie heterosexuell, würde sie zum Ballermann fahren. Kunst und Kultur setzen sie unter Streß. Die Akropolis ist für sie ein griechisches Restaurant mit Gyros, Zaziki und einer extra großen Portion Pommes. Ihr sollten keine weit entfernten Reiseziele zugemutet werden. Begegnungen mit fremden Sitten und Gebräuchen überfordern das bißchen Intelligenz, das sie zum Auto fahren benötigt. Für sie gilt: Hauptsache, das Wetter ist geil und die Frauen gut drauf.

Überwiegend b-Typ: die Pflegeleichten unter den Urlaubsbegleitungen. Sie ist unabhängig und kann sich auch mit sich selbst beschäftigen. Sich von ihr während eines Urlaubs zu trennen dürfte schwierig werden, weil sie ihre Zeit lieber allein verbringt, und sie nur dann ansprechbar ist, wenn sich für die gemeinsame Tagesfreizeit zuvor verabredet wurde. Das Klima spielt für sie keine große Rolle, vorausgesetzt, ihr geht der Lesestoff nicht aus.

Überwiegend c-Typ: Vorsicht, Kontrollfreak! Sie würde nie in ein Land reisen, dessen Amtssprache sie nicht spricht. Vor einem Auslandaufenthalt besucht sie vorbereitende Kurse an der Volkshochschule oder kauft sich Bildbände über kulinarische Spezialitäten und architektonische Besonderheiten des jeweiligen Urlaubsziels. Die mediterranen Länder meidet sie jedoch aus Angst, dort ArbeitskollegInnen zu treffen.

Wird auch im Seidenmorgenrock und Puschen auf dem Dachgarten ihres Penthouses glücklich. Aber nur wenn die Kunstgalerien und Museen ihrer Heimatstadt während der Ferien nicht geschlossen haben.

Sport ist ihr Hobby

Vor einigen Jahren habe ich mich in eine sportliche Frau verliebt. Wir lernten uns im Park kennen. Ich schneckte gerade von einer After-Hour-Party nach Hause, als sie mir vors Fahrrad joggte. Das ist gar nicht so ungewöhnlich. Seit es bei Lesben nicht mehr in Mode ist, samstags auf Demos zu gehen und dort ihre Kilometer zu machen, kompensieren jetzt viele den Stillstand der alten Lesbenbewegung in städtischen Grünanlagen. Natürlich entschuldigte ich mich ausgiebigst und lud sie galant zum After-Accident-Breakfast ein. Das ganze entwickelte sich zu einer etwas verrannten Affäre, der gescheiterten Verbindung der Montagues mit den Capulets nicht unähnlich. Nur habe ich bisher jedes Nervengift überlebt, und meine Ophelia geht regelmäßig ins Wasser. Bezeichnend war vor allem unser völlig unterschiedlicher Lebenswandel.

Ich ziehe den Müßiggang und das Laster dem geregelten Bewegungsdrang entschieden vor. Eigentlich dachte ich, nun endlich in die Geheimnisse des Kamasutra-Turnens eingeweiht zu werden. Pustekuchen. Entweder war es zu spät für Sex, weil sie am nächsten Morgen irgendeinen Wettkampf hatte, oder sie war zu müde, weil sie gerade vom Training kam.

Natürlich fand ich ihren Waschbrettbauch kolossal süß, und sie fand es sehr entspannend, sich morgens nicht um den Sportteil der Zeitung zanken zu müssen, weil ich ohnehin eine monogame Beziehung zum Feuilleton pflege. Und für mich war es ein Lustgewinn, wenn sie meine schweren Flaschenkästen die Treppen hochtrug. Ihr Bizeps hat dann die Optik von einem implantierten Hamster. Innerhalb kürzester Zeit erfuhr ich alles über Muskelkater und Bänderisse, was für mich eine Bereicherung meines Allgemeinwissens darstellte. Denn Couchkartoffeln leben trotz der Unmöglichkeit, sich Sportverletzungen zuzuziehen, auch nicht gesünder, weil die meisten Unfälle immer noch im Haushalt passieren – abgebrochene Fingernägel beim Dosenbieröffnen zum Beispiel.

Allerdings taten sich allmählich mehrere unüberbrückbare Abgründe auf, denen ich zunächst noch gelassen ins graugrüne Auge blickte. Was, bitte schön, soll man Anti-Zucker-Dogmatismus entgegenhalten, wenn man felsenfest davon überzeugt ist, daß man Zellulitis mit Snickers aufpolstern kann?

Den einzigen längeren gemeinsamen Termin, den wir je fanden, um uns unserer werdenden Beziehung zu widmen, und der unserer beider Interessen entsprach, waren die EuroGames 1996 in Berlin. Doch dies erwies sich als ein endloser Hindernislauf.

Natürlich war ich so solidarisch, zumindest einen Teil der Sportveranstaltungen zu besuchen. Bei der Leichtathletik blieb der erwartete Tunten-Handtaschenweitwurf allerdings aus. Mit Entsetzen mußte ich feststellen, daß dort ernsthaft Leibesübungen stattfanden, und damit waren die gemeint, die ich schon im Sportunterricht gehaßt hatte. Selbst als Zuschauerin simulierte ich augenblicklich mein über die Jahre gehätscheltes Bundesjugendspieletrauma. Instinktiv feilte ich an einer Argumentation, die mich von der Teilnahmepflicht entbinden konnte. Ganz besonders entwürdigend finde ich Sprinten. Als Offizierstochter von höchst ehrenhaften preußischen Tugenden macht es mich völlig fassungslos, mit ansehen zu müssen, wie Zivilisten in gebückter Haltung auf einen Schuß warten, um dann höchst feige wegzurennen.

Auch in der Schwimmhalle überfiel mich eine leicht depressive Gemütsverfassung. Ich hatte bereits vor Jahren die konträre Mentalität ausgebildet, über die Einsamkeit einer Schwimmerin in den Sekunden vor dem Startschuß lieber ein melancholisches Buch schreiben zu wollen, als mich so unreflektiert naß zu machen.

Das Fußballturnier im Olympiagelände traf als einziges mein Humorzentrum. Still visualisierte ich bockwurstkauend eine Leni Riefenstahl, der die Kamera aus der Hand fällt, nachdem ihr zugeflüstert wird, wer sechzig Jahre später hier den Ball kickt.

Dem Kommerz sei Dank gab es für mich als semiprofessionelle Tresenschlampe abends das Begleitprogramm. Während die wahren Sportlerinnen morgens wieder fit sein mußten und nach einer kargen, kalorienarmen Mahlzeit allein ins Bett gingen, mopste ich meiner Freundin das Adidas-Shirt, drehte den unnützen Sonnenschutz des Basecaps in den Nacken und begann mich meiner sportivsten Disziplin hinzugeben: dem Barhopping.

In den Kneipen und U-Bahnschächten fand ich sie dann: all die vereinsamten und unsportlichen Strohwitwen, deren Sweethearts geschafft in den Schlafsäcken lagen. Wir erkannten uns an den porösen und intensiven Blicken, an denen sich Minderheiten untereinander auf der ganzen Welt erkennen. Unweigerlich drängten sich mir die Fragen auf: „Interessiere ich mich tatsächlich für den TV Lützelinden? Will ich weiter mit schlechtem Gewissen in der Badewanne einen Stausee hinter mir verursachen und mich meiner eigentlich ganz niedlichen Airbags an den Hüften schämen? Asthmatisch pfeifend hinter meiner Freundin herlaufen, nur um des Wir-Gefühls willen? Allein durch die unendlichen Weiten des hedonistischen Vakuums ziehen?“ Letzeres beantwortete ich mit einem entschiedenen Ja!

Ich entwickelte das endgültige entfremdende Gefühl des Näheverlustes, das bei Lesben automatisch zu Trennungen führt, beschloß, mich schleunigst aus dem Staub zu machen, und stieg in den Nachtzug.

Als ich abgekämpft nach Hause kam, hörte ich auf meinem Anrufbeantworter ihre Stimme: „Du, es tut mir echt leid, aber ich habe in der Umkleidekabine diese kanadische Wen-Do-Trainerin kennengelernt. Ich fahr jetzt erstmal mit ihr zu einem

Kampfsporttreffen nach Spanien, um für die nächsten Gay Games zu trainieren. Außerdem glaube ich, wir sollten das mit uns sein lassen. Wir passen einfach nicht zusammen. Sei mir nicht böse. Tschüs."

Natürlich war ich ihr nicht böse. Sie hatte recht. Mit Romeo und Julia war das damals auch ein Flop. Jetzt trage ich meine Wasserflaschen wieder einzeln die Treppe hoch, weil mickrige Arme der einzig glaubwürdige Beweis für das *savoir vivre* einer wahren Bohemienne sind. Mit einem Unentschieden Montagues gegen Capulets kann ich bestens leben.

WEN DO

regelmässig zum Training kommst ...

Die politisch bewußte Lesbe hinterfragt Autorität und kommt dann zu dem Schluß, daß hierarchische Strukturen immer ungerecht sind. Ihnen entspringen Gewalt, Zwangsheterosexualität, Unterdrückung und Fleischverzehr.

Allerdings gibt es mit stillem Einverständnis kleine Nischen, die so alt sind wie die antiken Griechinnen. Nun will ich keiner eine unzüchtige Absicht unterstellen, aber es ist auffällig, wie viele Lesben den Film *Mädchen in Uniform* lieben und die Dialoge zwischen Fräulein von Bernburg und Manuela von Meinhardis auswendig mitsprechen können. Das ist auch nicht weiter schlimm. Die meisten Lesben waren irgendwann einmal in ihre Lehrerin verliebt und haben ihr in der Pause heimlich einen Apfel aufs Pult gelegt. Machtverhältnisse scheinen doch hin und wieder einen Lustgewinn zu bringen.

Allerdings, so richtig Spaß macht der pädagogische Eros erst nach dem Erreichen der Volljährigkeit.

Fast jede Lesbe hat in ihrem Leben einen Selbstverteidigungskurs besucht, eine Therapie bezahlt und eine Coming-out-Gruppe hinter sich gebracht. In den Frauengruppen für eine gerechte Sache nach Wahl lernt sie dann, daß Autorität niemals etwas mit Sex zu tun haben darf. Wenn doch, dann ist das patriarchale Gewalt oder heißt grob formuliert S/M, was ja bekanntlich ein und dasselbe ist.

Nordamerikanische Moralistinnen haben uns in vielen ihrer ketzerischen Schriften ausgiebig und plausibel erklärt, daß gute Lesben beim Sex weder oben noch unten liegen, sondern gleichberechtigt nebeneinander. Trotzdem ist es vermessen, zu behaupten, daß wir alle ein großes Kollektiv sind. Manche sind einfach gleicher. Und gleich und gleich gesellt sich zwar gern, aber es sind immer noch die Gegensätze, die sich anziehen. Zum Beispiel das Verhältnis der Schülerin zu ihrer Lehrerin.

Bei all der Gleichmacherei, die um uns herrscht, sind Lehrerinnen oftmals die letzten Heldinnen, die diese sexuell reizvolle, metaphysische Aura umgibt. Diese Damen für sich zu gewinnen, ist noch eine wahre Herausforderung.

So wie bei Wen-Do-Trainerinnen.

Jede kennt irgendeine, die mal etwas mit einer hatte. Selbstverteidigungsgruppen an sich sind schon in Kneipen sofort erkennbar. Zum einen sehen sie sich durch Kleidung und Frisur sehr ähnlich. Zum anderen ist die Trainerin am Abendmahl-Layout des Tisches gut erkennbar. Die Günstlinge sitzen jeweils zur Rechten und zur Linken.

Die bedingungslose Ergebenheit, die Jesus von seinen Jüngern entgegengebracht wurde, brockte dem Sohn Gottes ja nicht nur das Kreuz, sondern auch den Verdacht ein, gegenüber seinen Jungs mehr als nur selbstlos und freundschaftlich zu empfinden. So viele schöne Männer und keine Frauen? Das macht mißtrauisch.

Das ist bei Lesbensportgruppen und ihren Trainerinnen nicht viel anders.

Doch wie an die gebenedeite Meisterin herankommen? Wie kann eine einfache Jüngerin der Selbstverteidigung die freiwillig schlagende Verbindung ein wenig körperfreundlicher gestalten?

Solltest du dieses Problem haben, versuch folgendes: komm regelmäßig und pünktlich zum Training, dann wird sie auf dich aufmerksam. Bring dich ein, trainiere heimlich, trag ihre Pratzen. Wenn du ihrem wahlweise ruppigen oder sehr empathischen Charme bei jedem Wurf auf die Matte erliegst, mach dir keine Sorgen. Deine Unterwerfungsphantasien sind in diesem Fall ganz normal. Vielleicht lädt sie dich zu sich ein, um mit ihr ein Training vorzubereiten. Das ist deine Chance. Die „Ich erzähl dir meine Psychos, und du erzählst mir deine, dann sind wir Freundinnen fürs Leben"-Nummer wirkt nicht nur hier wahre Wunder. Dann packst du sie bei einem guten Schlückchen Kamillentee an ihrem Helferinnensyndrom. Sei einfach sehr verwirrt, weil das alles so intensiv ist. Außerdem hast du Angst, allein nach Hause zu gehen. Leiht sie dir Geld für das Taxi – Pech gehabt. Bietet sie dir an, bei ihr zu schlafen, hast du fast gewonnen.

In direkter Tradition unserer Namensgeberin Sappho stehen vor allem einige Coming-out-Gruppenleiterinnen. Sie verhelfen frisch gebackenen Lesbierinnen zum Eintritt in die Gemeinde derjenigen, die sich schon seit Jahren kennen und einander mittlerweile uninteressant finden. Manche Gruppenleiterinnen helfen nicht nur bei dem Problem „Wie sag ich es meinen Eltern?", sondern geben auch gern Nachhilfeunterricht in anderen Lebenslagen. Was kann einer Junglesbe, die bisher nur mit einer Freundin auf dem Speicher ihrer Eltern rumgefummelt hat und jetzt nicht so genau weiß, was sie davon halten soll, denn Besseres passieren als eine erfahrene Frau, die ihr den praktischen Teil des Tribadinseins beibringt? Das hat für die Sappho-Azubi den Vorteil, daß sie mit Sicherheit hinterher keine Beziehung am Bein hat. Dazu wächst die Konkurrenz zu schnell nach. Diese Tränen trocknen noch schnell, wenn ihr erklärt wird, daß es sich um einen einmaligen Ausrutscher gehandelt hat. Das gehört alles zum Survival-Training für den Ernstfall im herzlich harten Klima des rubinroten Dschungels.

Auch Therapeutinnen sind heiß begehrt. Sie erfreuen sich einer großen Anhängerinnenschar fortgeschrittener Platonikerinnen und versteckt lebender Masochistinnen. Die Damen dürfen aufgrund ihres Berufsethos nicht mit ihren Klientinnen sexuell verkehren. Steht man nun auf den kostspieligen Psychofick, hier die erfolgsgarantierte Bedienungsanleitung für Therapeutinnen: Anfangs Beine geschlossen, Arme verschränkt und immer schön vom dysfunktionalen Verhältnis zu den Eltern jammern, selbst wenn deine Kindheit okay und deine Jugend normal war. Am Schluß Arme offen, beide Füße auf den Boden wegen der guten Erdung, sehr gelöst aussehen und gleich einen neuen Termin festlegen.

In der nächsten Sitzung reflektierst du deine Gewalterfahrungen. Wenn du keine hast, habe Mut zur Phantasie, weine, schlag ein Kissen, laß es raus. Die Therapeutin muß deine fremdbestimmte Feindseligkeit im Raum spüren. Beim dritten Mal bringst du Bilder mit, die du als Kind gemalt hast. Ansonsten bitte einen Sprößling in deinem Umfeld, ob er oder sie dir mit den Wasserfarben schwarz, blau und grün den Kirchturm deiner Stadt malen kann. Von nun an bist du dir einer jahrelangen Therapiebeziehung sicher, in der du bei ihr sein kannst und ihre Aufmerksamkeit mit keiner anderen teilen mußt. Will deine Therapeutin wider Erwarten doch mit dir unstatthaft körperlich sein, rate ihr, Wen-Do-Trainerin oder Coming-out-Gruppenleiterin zu werden. Diese Berufe genießen in der Szene ein höheres Toleranzniveau. Da schimpft keine, wenn Macht und Sex miteinander kuscheln.

Zumindest werden viele in sich Sympathie aufsteigen fühlen, weil wir alle nie die Chance erhalten haben, an der Lehrerin Rache zu üben, die uns und unsere Äpfel einst verschmähte. Da halten wir es dann doch lieber mit Sappho; die hat ihren Schülerinnen Singen, Reimen und Kochen beigebracht und ihren Lieblingen für besonderes Engagement zum Dank eine Spezial-Ode gewidmet.

Aus vielen der ehemals fleißigen Schülerinnen sind Lehrerinnen, Therapeutinnen oder Leiterinnen geworden. Sie wissen schon, warum.

Die grosse Frisurenkonspiration

Angeblich erkennt man ja in einem Dorf den besseren Friseur am schlechteren Haarschnitt. Bei uns ist das natürlich etwas anderes. Da erkennt das lesbische Auge meistens an der Länge der Haare, wann das letzte Mal geschoren wurde und ob die Dame eine von uns ist.

Denn Lesbenhaar ist meistens so kurz, wie Beinhaar lang werden kann.

Wallende Matten passen einfach nicht zu Goretex-Jacken und Hikingboots (aus der Jugendzeit einigen noch als Wanderschuhe bekannt). Welche Tribadin hat schon die Zeit, sich jeden Morgen stundenlang im Bad aufzuhalten, Haare aus dem Abflußgitter zu puhlen und sich bis mittags zu fönen? Das macht keine WG oder Lebensabschnittsbegleiterin lange mit. Auch beim Sex haben üppige Frisuren oft lästige Angewohnheiten. Sie folgen ungefragt der Schwerkraft und fusseln der unten Liegenden im

Gesichtsbereich herum. Vielleicht ist dies ein Grund, warum sich auch immer mehr Heteras entscheiden, kurz zu tragen. Die Vorteile liegen auf der Hand: mehr Zeit für Kinder und Karriere aufgrund weniger Haarpflegeaufwand und mehr Bewegungsfreiheit.

Nun mögen viele KulturwissenschaftlerInnen behaupten, daß an der Länge der Haare die sexuelle Ausstrahlung gemessen werden kann, und genau das wollen Frauen aus unserem Verein der Männerwelt verweigern. Es ist aber auch sehr wahrscheinlich, daß der vielzitierte LKS, LesbenKurzhaarSchnitt, oder LES, LesbenEinheitsSchnitt, eine von denjenigen Tugenden ist, die aus der Not geboren wurden.

Verehrte Leserin, wie lange hast du gebraucht, um einen guten Friseur zu finden? Oder eine Friseurin?

Frisösen haben in der Mehrheit Dauerwellen, pinkfarbene Fingernägel, Ballermann-Teint und einen Opel-fahrenden Freund in Bundfaltenjeans. Das sind schon vier Gründe, dir keinen Herrenschnitt zu verpassen. Wenn es einer den Tag nicht so versauen würde, wäre es eigentlich ganz lustig zu beobachten, was dabei herauskommt, wenn einer der letzten Trägerinnen von *Kajagoogoo*-Fönwellen ein Musterbuch für Herren unter die gepuderte Nase gehalten wird. Solltest du dann noch nicht rausgeworfen werden, erwarten dich zu deinem ungewöhnlichen Wunsch Kommentare wie „Das sieht so natürlich sehr maskulin aus, wir könnten es doch an den Seiten und hinten etwas länger lassen".

Ihrem Gesichtsausdruck zufolge hätte sie genausogut nach einer Geschlechtsumwandlung gefragt werden können.

Auch auf schwule Friseure ist leider nicht immer Verlaß. Jetzt will ich zwar nicht alle über einen Kamm scheren, aber genauso wie Modedesigner, die ja angeblich auch alle andersrum sein sollen, ist die letzte Frau, die die Schnippelliesen ausgiebig betrachtet haben, die Barbie ihrer Schwester gewesen. Und genau dieses Bild ist hängengeblieben. Schlecht für Lesben, denn die meisten wollten schon immer aussehen wie Ken und nicht wie Barbie oder ihre nicht minder dämliche Schwester Skipper.

Der Herrenschnittest erzielt bei den Jungs mit den Scherenhänden, die immerhin durchsetzen konnten, daß der Kölner CSD an einem Sonntag stattfindet, weil sie am nächsten Tag ausschlafen können, ganz ähnliche Ergebnisse. „Hach, Liebes, du willst doch nicht aussehen wie so eine gewöhnliche Kampflesbe von der Straße, oder?“ Kein Mensch will so aussehen, natürlich nicht! Deswegen haben schwule Friseure auch die Existenz solcher Frauen erfunden. Das ist genauso ein gemeiner Mythos wie lila Latzhosen und gefärbte Baumwollwindeln als Halstuch. Die wurden höchstens von einer Minderheit zum Renovieren der ersten Frauenzentren angezogen. Und heute tragen so etwas allenfalls noch pubertierende Mädels, die jedes Jahr zum Grab von Kurt Cobain pilgern und sich in einer Umweltgruppe engagieren.

Um sich Ärger, Haarspaltereien und eine Menge Geld zu ersparen, haben Lesben überall zu Clippern gegriffen und es sich eben selbst gemacht oder machen lassen. Das hat auch den Vorteil, daß frau keine Ausbildung braucht, um die Millimeterlänge einzustellen. Der Nacken und die Seiten drei Millimeter, oben ein bißchen mehr stehenlassen und die Koteletten züchten – so schnell geht das. An einer schlechten Rasur erkennen wir höchstens, daß diejenige, die das Gerät bedient hat, betrunken war.

Um diese Misere endlich zu beenden, wäre mein Vorschlag, statt in Kaufhäusern oder auf Marktplätzen öffentlich rumzuknutschen, die Salons zu stürmen und diese haarige Verschwörung zu beenden. Denn daß es Lesbierinnen gibt, wissen Heteros und Schwule mittlerweile – sie wollen uns bloß nicht nach unseren Wünschen frisieren!

Jedoch scheinen viele bereits vor dem noch ausstehenden Kampf um einen wirklich guten Kurzhaarschnitt kapituliert zu haben. Oder wie sonst kann frau sich erklären, daß sich langes, unpraktisches Haar in den eigenen Reihen zunehmender Beliebtheit erfreut? Ungeklärt bleibt ebenfalls, wieso Butches immer länger das Bad belegen als Femmes, wenn sie doch eigentlich nur kämmen müssen und nicht fönen …

Schluss mit lustig!

Lesben, die ihre Liebschaften in den Papierkorb verschieben wollen, werden mit dem praktischen Drag'n'Drop-Verfahren leider wenig Erfolg haben. Das Löschprogramm des lesbischen binären Beziehungssystems ist nicht so einfach wie eine Windows-Anwendung, bei der mit der linken Maustaste auf „OK" oder „Abbrechen" geklickt werden kann.

Wenn zwei Lesben sich trennen, freut sich selten eine Dritte, ist aber meist der Trennungsgrund – sie wird höchstens klammheimlich in ihrem Kämmerlein ein bißchen nutznießen, aber in der Öffentlichkeit lieber „Das habe ich nicht gewollt!" heucheln, um sich nicht zur Zielscheibe für amoklaufende Ex-Geliebte oder deren solidarische Freundinnen zu machen.

Denn Lesben trennen sich nicht mal eben so.

Nein, sie verhängen gleich den Ausnahmezustand über ihre gesamte *peer group*.

Für diejenigen, die lieber neutral bleiben wollen, ist es ratsam, im nächstgelegenen Luftschutzbunker abzuwarten, bis die strahlenden Partikel auf der verwüsteten Oberfläche des sozialen Umfelds ihre Halbwertzeit überschritten haben.

Doch bis die kriegsführenden Parteien zu Vernunft kommen und ernsthafte Friedensverhandlungen aufnehmen, ist es ein langer Weg. Beide Parteien werden beim Opferpoker versuchen, die jeweils andere auszustechen.

Auch diejenige, die ihre Freundin betrogen, belogen und vielleicht sogar versucht hat, auf zwei Hochzeiten zu tanzen, wird ihre Version der Geschichte so gut zu verkaufen wissen, daß alle in einer schwachen Minute glauben werden, dieses sabbernde Monster von Ex hätte ihr die neue Flamme förmlich auf den Bauch gebunden und sie dann auf einer einsamen Insel ohne Telefon ausgesetzt. Wie sollte es unter solchen Umständen auch möglich gewesen sein, die andere von der neuen Affäre zu informieren? Die Betrogene ist es doch selbst schuld, wenn sie nicht genug Vertrauen in die Beziehung hat und nicht glauben will, der Knutschfleck stamme von ihr.

Der gemeinsame Freundeskreis wird wie die mittlerweile über zwei Haushalte verteilte Unterwäsche in „deins“ und „meins“ aufgeteilt. Wenn nötig, mit Intrigen.

Bei dieser Schlammschlacht kommt es weder auf den Wahrheitsgehalt noch auf Fairplay an, sondern einzig und allein darauf, welche zuerst und am lautesten „Ich bin das eigentliche Opfer!“ schreien kann. Dies ist schließlich keine Gerichtsverhandlung, in der auch die Angeklagte Gehör findet, sondern nur eine Beziehungstrennung.

Eifrige Freundinnen werden sich, nachdem sie ihr Lieblingsopfer gewählt haben, als Abfanggeschwader verdingen, um peinliche Szenen in der Öffentlichkeit zu vermeiden. Denn ehemals friedliche Begegnungsstätten verwandeln sich in verminte Krisengebiete, sobald beide Kriegsparteien dieselbe Kneipe betreten. Die Raumtemperatur sinkt, als ob zu befürchten wäre, daß an diesem Abend die Bierflaschen besonders tief fliegen könnten.

Oft ist die Stimmung durch rachsüchtige Androhungen aufgeheizt worden: „Also, wenn diese Schlampe hierher kommt, dann weiß ich nicht, was ich tue!"

Kein Wunder also, daß es die nahestehenden Trennungsbegleiterinnen zumindest für möglich halten, bei einem Zusammentreffen könnte die eine versuchen, bei der anderen einen bleibenden Eindruck zu hinterlassen – und zwar mitten im Gesicht.

Mißtrauisch wird auf vermeintlich neutralem Boden jede Truppenbewegung im Tisch- und Toilettenbereich beobachtet. Natürlich ist es einfach, ein solches territoriales Patt zu beenden, aber keine wird zugeben wollen, daß es ihr etwas ausmacht, wenn die ehemalige Bettgenossin viel zu laut über jeden blöden Witz lacht oder demonstrativ mit der Neuen herumknutscht.

Vor dem Feind wird nicht geschwächelt! Schon aus Prinzip nicht. Und Rückzug ist als Deeskalationspolitik absolut indiskutabel.

Also sitzen die Getrennten diese für alle Beteiligten höchst anstrengende Situation aus.

Die etwas integereren und weniger schaulustigen Freundinnen helfen ihrer frisch Entzweiten auch noch dann, wenn die Not in der Etappe am größten ist. Sie stellen ein Beschäftigungsprogramm zur Resozialisation ihres Singles zusammen, planen neue Straßenrouten, um ja nicht versehentlich an der Wohnung des Scheusals vorbeizufahren, und überbringen in einer Aldi-Tüte die zerfetzten Habseligkeiten mit einem wenig zartfühlenden „Beschwer dich nicht über den Zustand deiner Jeans. Das könntest du sein!".

Um ihre Moral zu heben, wird die Verlassene mit Mix-Cassetten beschenkt, deren Texte ihre Affirmationen zu ihrer Genesung geben sollen. Gloria Gaynors *I Will Survive*, *No More Tears – Enough is Enough* von Donna Summer und Chumbawambas *Tubthumper* werden auf einem solchen Tape sicherlich nicht fehlen. Allerdings wissen alle, die schon einmal bei einer Beziehungsauflösung assistiert haben, daß bei dieser Methode auch einiges schieflaufen kann. Nicht immer werden die Soundtracks zu den Aufräumarbeiten auch richtig verstanden. „Wer wird denn weinen, wenn man auseinander geht, wenn an der nächsten Ecke schon 'ne andere steht ... buhuhu. Das ist doch genau das, was dieses Miststück mir angetan hat. Wie konntest du ausgerechnet dieses Lied aufnehmen? Siehst du nicht, wie ich leide?"

Offenbar noch nicht genug. Wäre der Leidensdruck nur ausreichend groß, hätte sie dieser wenig subtilen Aufforderung, sich nach einer neuen Geliebten umzusehen, Folge geleistet. Statt dessen kann eine erfahrene Separationsassistentin die Uhr danach stellen, wann ihre Patientin wieder rückfällig wird.

Meistens reicht ein einziges unbeobachtetes Treffen der Exen, um mit der freundlichen Unterstützung von ein bißchen Alkohol und ein paar sentimentalen Erinnerungen wieder im Bett zu landen. Vertrauensbrüche, Lügen und Verletzungen scheinen vergeben und vergessen. „Du, wir fangen noch einmal ganz von vorn an. Wir sind einfach für einander bestimmt."

Da möchte man natürlich sofort die Hände über dem Kopf zusammenschlagen und sämtliche dafür zuständigen himmlischen Institutionen um Weisheit anflehen, aber Lesben reagieren auf Modernisierungen ihrer Strukturen bekanntlich immer ein wenig zeitverzögert. Die Verbündete der Trümmerfrau, die eben noch die Scherben ihrer vergangenen Liebe in Schuhkartons auf dem Dachboden archiviert und die Matratze in die Reinigung gegeben hat, tut gut daran, zu schweigen. Obwohl sie natürlich schon gerne wissen würde, wer denn die Fäkalien in dem Gehirn ihrer Freundin abgeladen hat. Die hat nämlich ihre Geliebte wieder und benimmt sich sehr glücklich. Schließlich hat die Ex-Ex ihre Fehler eingesehen und beim Leben ihrer verstorbenen Großmutter geschworen, nie wieder mit einer anderen Frau zu fummeln.

Jetzt wird alles gut.

Dem zu widersprechen ist ungefähr so selbstmörderisch, wie eine rohe Kalbsleber in eine Gruppe militanter Veganerinnen zu werfen. Wie nicht anders zu erwarten, ist das Paßfoto der neuen alten Geliebten längst wieder an seinen Stammplatz im Portemonnaie zurückgekehrt, die von der Wand gerissenen Urlaubsfotos bedecken in hochglänzenden Neuabzügen die ehemals weißen Flecken auf der Tapete, und aus den Stofftieren wurden die Stecknadeln entfernt. In dieser Interimsphase ist es schlauer, sich eine Woche Urlaub zu nehmen und vor dem Finale Mortale ein bißchen auszuspannen. Denn das zerbrochene Glück mittels der bei Lesben eingebauten Reset-Taste wieder zum Laufen zu bringen, will einfach nicht gelingen. Ein Neustart läßt jedes vireninfizierte Beziehungsprogramm trotzdem nach Inbetriebnahme abstürzen.

Besonders beliebt sind Trennungen während Magister- und Diplomarbeiten oder Staatsexamina. In beruflich höchster Gefahr und zeitlich größter Not bringt eine Veränderung der Lebensumstände den fast sicheren Beziehungstod. Oder wie es eine Freundin von mir einmal formulierte: „Wenn du deine Freundin ohne großen Aufwand loswerden willst, dann mach Examen."

Daß es so viele Langzeitstudentinnen unter den Lesben gibt, weil sie ihre Geliebte nicht verlieren wollen, kann getrost bezweifelt werden. Es ist eher wahrscheinlich, daß es einen stillen Wettbewerb darum gibt, wie viele Beziehungen in eine Studienzeit passen. Aber das nur nebenbei.

Der Vorteil einer Examenstrennung liegt auf der Hand. Die von der Uni Gestreßte wird nicht einmal die Muße haben, etwas zu bedauern. Vielmehr ist sie damit beschäftigt, ein paar Minuten zu schinden, um aufs Klo zu gehen oder sich einen Tee zu holen, den zu kochen ihr eigentlich die Gattin versprochen hatte. Die läßt sich aber selten blicken und mault am Telefon, daß ihr der Kaffee nicht mehr ans Bett serviert wird.

Warum gerade Universitätsabschlüsse solche Beziehungskiller sind, ist genauso ein Rätsel wie warum drei Stunden vor Abgabe der Hausarbeit der Drucker seinen Geist aufgibt, der einzige Kopierladen gerade niederbrennt oder Prinzessin Diana tödlich verunglückt ist.

Natürlich muß bei der zukünftigen Ex-Freundin bereits vorher eine gewisse Fliehkraft bestanden haben, die unter den relativ großzügigen Freizeitmöglichkeiten eines Studiums noch kontrolliert werden konnte. Sonst würde der sträflich vernachlässigten Strohwitwe nicht so bemerkenswert schnell einfallen, daß auch andere Mütter schöne Töchter haben. Das macht stutzig, aber nur ein wenig. Bei Katzen ist eine ähnliche Art der Sabotage bekannt – sie plazieren ihr bereits Verdautes vorzugsweise und zielsicher auf der Computertastatur, wenn sie nicht mehr die gewohnte Menge an Aufmerksamkeit bekommen.

Selbst die Freundinnen werden sich unbeeindruckt von einer solchen Trennung zeigen. Sie sind vollauf damit beschäftigt, sich wirklich nützlich zu machen, indem sie Korrekturlesen oder einfach den Lautstärkeregler nach unten drehen, wenn im Radio zufällig *You Picked a Fine Time to Leave Me, Lucille* läuft. Der obligatorische Nervenzusammenbruch kommt noch früh genug und sollte nicht künstlich von einer dramatisch veranlagten Geliebten herbeigeführt werden. Sie kann ja in ein paar Monaten wieder anrufen, wenn alles vorbei ist, oder ihre Kündigung schriftlich einreichen.

Wäre es doch immer so unkompliziert.

Lesben scheinen entweder viel zuviel Zeit zu haben oder sich gnadenlos zu langweilen, ob sie sich nun als die Protagonistinnen oder nur in Nebenrollen an der egozentrischen Hinrichtung einer vergangenen Liebe beteiligen.

Stell dir vor, es ist Krieg, und keine geht hin.

Zehn gute Gründe, sich zu trennen

1. Sie schläft mit deiner Ex-Freundin.

2. Sie hat deine Blumen absichtlich vertrocknen lassen, als du im Urlaub warst.

3. Sie hat deinen Computer geschrottet.

4. Sie hat deinen Geburtstag vergessen, weil ihr die Fußball-WM-Übertragung wichtiger war.

5. Sie klaut sich morgens deine Lieblingsklamotten und macht tagsüber Brandlöcher rein.

6. Sie hat Kaffee über deine Virginia-Woolf-Erstausgabe gekippt und deinen hysterischen Anfall mit einem „Was regst du dich eigentlich so auf? Es ist doch nur ein Buch" kommentiert.

7. Filzläuse unbekannter Herkunft.

8. Deine Katze verläßt dich wegen ihres Hundes.

9. Sie kann nicht küssen. Ihre Zunge zappelt dabei wie ein Fisch, oder noch schlimmer, wie ein Aal.

10. Sie ist ein Guns'n'Roses-Fan.

OUTING ganz falsch

Outing scheint heutzutage eine Art Massenbewegung zu sein. In Talkshows sitzen Dummbatze in Scharen und tragen irgendeine Perversion zur Schau, die sie unbedingt öffentlich machen wollen. Da klagt eine beleidigte Hausfrau über ihren Gatten: „… und dann hat er sich als Hallodri geoutet“, eine ABC-Schützin feiert ihr „Coming-out“ als Operndiva, oder irgendein Schnösel ist plötzlich im Büro als Raucher „out“, weil die Putzfrau in seinem Schreibtisch einen vollen Aschenbecher gefunden hat. Bisher wähnte ich mich in dem Glauben, daß RaucherInnen „out“ sind, weil Lungenkrebs nicht mehr „in“ ist. Weit gefehlt.

Seit die erste Generation der von VIVA verdorbenen Jugend nach dem Realschulabschluß so funky Jobs wie Werbedesign macht und der Teil der Journaille, dessen Englischunterricht schon zwanzig Jahre zurückliegt, die Homos erst jetzt entdeckt hat, heißt „outen" soviel wie „rauskommen". Prinzipiell ist das nicht falsch, aber in Talkshows kommt ja so allerhand raus. Bisher konnte die gestandene Tribadin noch milde kichernd zustimmen, wenn wieder eine ahnungslose heterosexuelle Journalistin in der Presse verkündete, Hella von Sinnen sei „out", um so das Wort lesbisch zu vermeiden. Wirklich sehr „out" dagegen ist Nachrichtensprecher Jens Riewa, sogar so „out", daß man gleich den Schrank zunageln sollte, damit Menschen wie er nicht mehr „in" werden.

Zugegeben, ich habe sowieso wenig Sympathie für die absurden Stilblüten, die die Amerikanisierung unserer Sprache hervorbringt. Gab es etwa vor fünf Jahren Hanuta im „Outdoorpack"? Was um Himmels willen sind „Frühstückscerealien"? Wieso muß uns in einer Punica-Werbung ein „Rollerblader" mit fiesem deutschen Akzent zurufen: „Get into the flow"? Klingt „Die Zukunft ist heute" weniger vertrauenswürdig in Sachen Autofahren als „The future is now"?

So richtig hanebüchen wird es erst, wenn die eigene Homobrut in den Medien und andernorts vor sich hinfaselt, das eigene Outing als Fußballfan bei den Gay Games erlebt zu haben, und damit meint, stramme Waden ganz dufte zu finden. Da rollen sich doch die nervös abgeknabberten Fußnägel von alleine hoch. Das ist mindestens so schlimm wie minderjährige Lesbchen, die dich mitleidsvoll ansehen und sagen „Was, so alt bist du schon? Dann hast du die Feministenzeit ja noch voll mitgekriegt!". Da hilft nur noch ein beherzter Biß in die Tischkante, um nicht gewalttätig zu werden.

Also hier noch mal zum hinter die Ohren Schreiben:

Erstens: Geschichtskenntnisse sind total in. Partys und Piercings dagegen out!

Zweitens: Geoutet wird und ein Coming-out hat man. Wenn also ein Klassenkamerad/Kommilitone/Mitarbeiter vor versammelter Mannschaft rausposaunt: „Judith ist eine fette Lesbe!", und Judith ist unterernährt, dann ist das eine Beleidigung. Ist Judith aber moppelig, dann ist das ein Outing. Wenn die fiktive Judith dagegen mit einem über der Brust spannenden T-Shirt in Größe XXL zur Schule/Uni/Arbeit kommt, auf dem steht „Ich bin eine dicke Lesbe“, legt sie damit ein Coming-out in der Öffentlichkeit hin.

Nur die Reaktion darauf ist in den letzten dreißig Jahren die gleiche geblieben: geahnt haben das alle.

Wenn Lesben zuviel dichten

Schon in der Schulzeit fällt auf, daß viele Mädchen in die Steckbriefbücher ihrer KlassenkameradInnen unter der Kategorie „Was ich mag:“ neben „meine Freundinnen, ~~Sonnie~~, Gabi, Susi“ und diversen Popgruppen wie *Spandau Ballet* oder *Kajagoogoo*, die im nachhinein allen ein bißchen peinlich sind, „Gedichte“ geschrieben haben. Das gilt als besonders feminin und wirkt ungemein intellektuell. Auch Deutsch- und Reli-Lehrerinnen lassen sich beeindrucken, wenn ihre kleinen Lieblinge Reime auf ihre Löschblätter kritzeln. Um ihre von der Pubertät gebeutelten Seelen nicht zu verletzen, werden wohlmeinende Pädagoginnen ihren Schülerinnen ein warmes Lächeln schenken und erst hinterher im Lehrerzimmer über deren Ergüsse feixen.

Diese juvenilen Poeme sind nicht zu vergleichen mit den ultrakonservativen Weisheiten der Poesiealben wie „Sei wie das Veilchen im Moose/sittsam und rein/und nicht wie die stolze Rose/die immer bewundert will sein“ oder „Ehre dein Mutterherz, so lange es schlägt/wenn es begraben ist/ist es zu spät“.

Nein, noch schlimmer als das. Die reimenden ABC-Schützinnen gehen dem Alphabet selbst ans Leder und schänden ihre Vorbilder.

Inspiriert von Rainer Maria Rilke, Erich Fried oder Annette von Droste-Hülshoff, versuchen sie ihre pubertären Gefühlszustände hinter altklugem Pathos vor der unfreiwilligen Komik zu verstecken. Von Seelenqual, die rosengleiche Mitschülerinnen verursachen, bis Herzen, die sich vor Schmerzen krümmen, von Ewigkeit bis Liebe – kein Klischee wird ausgelassen. Das macht höchstens dann Freude zu lesen, wenn man nach Jahren die eigenen Chinakladden mit den in jugendlichem Leichtsinn gefledderten Silben auf dem Dachboden wiederentdeckt. Denn keine, die ihren dreißigsten Geburtstag schon hinter sich hat, kann noch reinen Gewissens behaupten: „Ich werde dich ewig lieben" – zumindest nicht, ohne dabei in schallendes Gelächter auszubrechen.

Später dann, wenn die dichtenden Mädchen von einst erst einmal feministisches Blut geleckt haben, werden sie niemals müde zu erwähnen, daß in jeder Frau eine Poetin steckt, unsere leistungs- und männerorientierte Gesellschaft das aber nicht honorieren und schon gar nicht drucken will.

Die Schuldigen dafür sind schnell zur Hand – die Männer. Nicht sehr originell, dieses Argument, aber auch nicht ganz falsch.

Männer werden von ihren Müttern in den seltensten Fällen zu erwachsenen Menschen erzogen. Daher rührt auch der Irrglaube, daß es eine Sensation ist, wenn einer der angeblichen Herren der Schöpfung zu Emotionen neigt. Leider fühlen sich diese Ausnahmesensibelchen beim leisesten Anflug eines tieferen Gedankens oft dazu genötigt, dies ihrer Umwelt auflagenstark mitzuteilen: „Hört mal alle her! Ich habe da ein wahrhaftiges Gefühl gefühlt! Und das gibt's jetzt auch als Buch!"

Das ist schon peinlich genug und zeigt, daß die Erde von einer Horde kleiner Jungs regiert wird, die sich für Gottes Geschenk halten, nur weil Mami ihnen das gesagt hat.

Aber müssen denn Lesben genau den gleichen Quatsch machen? Auch wenn der Anblick des eigenen Namens in gedruckter Form das Ego füttert, dezimiert es den Baumbestand dieses Planeten.

Das haben auch die meisten Verlage eingesehen. Es gibt kaum einen, der sich an die Veröffentlichung von Lyrik wagt. Wohl auch, weil sich die dichtenden Lesben hauptsächlich für die Beschreibung der eigenen Gefühlszustände interessieren.

Einen Schlupfwinkel für die Nachwuchs-Sapphos gibt es jedoch – den Lesbenkalender. Der Lesbenkalender ist ein geschickt eingefädeltes Two-in-One-Produkt, Gedichtband und Terminplaner in einem.

Woche für Woche wird die Besitzerin eines solchen Kalenders mit einem Spruch bestraft, der in seiner Machart wenig variiert wird.

Die *dramatis personae* sind immer die gleichen: „ich" ist sehnsuchtsvoll, „du" ist wahlweise schön oder unterkühlt, und „sie" ist immer unerreichbar. Mit „er" wollen die Dichterinnen nichts zu tun haben, schon gar nicht Er-otik. Sie sind schließlich Lesben, also ist alles Männliche pfui Spinne, auch wenn es sich dabei nur um Prä- oder Suffixe handelt. Selbst harmlose Silben werden bei Verdacht auf Testosterongehalt einfach durch „sie" ersetzt. Die Lyrikerinnen wollen in ihren Texten lieber ihre Sie-rotik mit Lesben sie-fahren und ihr kleines Uni-sie-sum oder gleich die ganze Galax-sie unter der Zunge einer Geliebten explodieren lassen. Frivol wird es nur, wenn „sie" hauptsächlich aus weichen Brüsten besteht. Eine östrogenlastige Gloriole um die Wörter ist also beabsichtigt.

Sinn-lichkeit
macht nämlich
nur dann
Freude
wenn sie
sich be-greifen
läßt

und die Absätze so willkürlich gesetzt sind, daß jeder Satz in unend-lich-sie Langsamkeit lesb-ar ist. Das ist sehr schön in so einer hektischen Zeit. Das macht be-troffen und lehrt uns, die Welt um uns hsierum (*situs vilate in isses abernit*) zu be-greifen.

Besonders beliebt sind Metaphern, die Natur in Bezug zu Frauen setzen. Da ist die Haut Rinde einer knorrigen Eiche, die Liebe ein rostiges Fahrrad im Graben einer Landstraße, Verzweiflung so tief wie der Ozean, und Frauen riechen meistens nach „Meer".

Kurz: Alles, was Lesbischsein so attraktiv macht, findet sich in den Gedichten wieder.

Reime gibt es nicht. Die Poetinnen sind modern. Metrik, Versmaß und Form sind das nicht, und nach Alexandrinern oder Jamben gackert heute keine Henne mehr. Sollte es doch mal einen Reim zwischen die Wörter verschlagen, muß dieser sich schütteln.

Auch viele selbsternannte Malerinnen – pardon – Künstlerinnen geben sich gerne so modern bei ihren Ausstellungseröffnungen – nochmals pardon – Vernissagen in den örtlichen Sparkassen oder Frauenzentren. Auf die Frage, was denn nun Inhalt und Aussage dieser Bilder sein soll, antworten sie beleidigt: „Ich male mehr so abstrakt."

Es ist eine traurige Tatsache, daß viele dieser Pinselschwingerinnen nicht einmal den Gegenstand zeichnen können, von dem sie dann abstrahieren.

Diese angebliche Modernität ist leider eine zu dünne Ausrede für Buchstaben- und Leinwandmassaker. Es ist eben nicht alles Kunst, was kreative Frauen so verzapfen. Auch nicht, wenn es gut gemeint ist.

Gedichte

Sollte eine das Verfassen von Lyrik dennoch nicht sein lassen können, hier zwei Musterbeispiele, wie sie garantiert im Lesbenkalender ihr Publikum finden – oder auch nicht.

falsch

ganz bei-nah
lieg ich hier
bei dir
ohne Bier
weil
du
dumme Kuh
nicht vor vier
bei der Bank warst

das Leben ohne Bier
mit dir
ist nicht eben
leicht
zu er-tragen,
Gisela!

richtig

ich
ein baum
zwischen uns
du
siehst
weg

Zweite Amtszeit für Ingeborg Schulze?

In diesen Septembertagen des erst fünf Jahre alten dritten Jahrtausends wird die Manege im Wahlkampfzirkus wieder eröffnet. Die wohl bewegteste Legislaturperiode in der Geschichte der Bundesrepublik geht zu Ende. Ingeborg Schulze kandidiert für eine weitere Amtszeit als Bundeskanzlerin. Anlaß genug, auf die letzten vier Jahre zurückzublicken und die Entwicklungen nachzuzeichnen, die Schulzes erdrutschartigen Sieg als erste lesbische Bundeskanzlerin 2001 möglich machten.

Der politische Aufstieg der ehemaligen Praktikantin Hillary Clintons wundert heute nur das weniger fortschrittliche Ausland. Doch böse Zungen behaupten auch heute noch, daß ihre Wahl nur durch günstige Zufälle ermöglicht wurde.

Durch das jähe Ende der Regierung Schröder waren Neuwahlen bereits 2001 notwendig geworden. Zum tragischen Höhepunkt der Expo 2000 in Hannover wurde nicht die opulent inszenierte Schlußfeier, sondern die Explosion eines vorbeifahrenden Atomtransportes, bei dem der amtierende Bundeskanzler mitsamt einigen hundert Politikern, ausländischen Staatsmännern und führenden Wirtschaftsleuten verpuffte. An Niedersachsen erinnerte bald nur noch das eilig eingebürgerte Wort von den „fünfzehn verbleibenden Bundesländern". Die nach diesem Störfall notwendigen Aufräumarbeiten sorgten für eine Entspannung der auch nach dem Regierungswechsel von 1998 kritischen Lage auf dem Arbeitsmarkt. Nur zwei Monate nach der Katastrophe nahm Bayern diese Schwächung Preußens zum Anlaß, sich per Volksentscheid aus der Föderation zu lösen und im Freistaat eine konstitutionelle katholische Monarchie zu etablieren. Republikaner, DVU-Mitglieder und in der Bundesrepublik ansässige CSUler beantragten geschlossen Asyl als politisch Verfolgte und gründeten einen Vertriebenenverband. Auch Familie Schönbohm kehrte dem rattenverseuchten Sodom Berlin den Rücken.

Die Bevölkerung der „verbleibenden vierzehn Bundesländer" verlangte in Mittwochslichterketten nach einer Wende und damit nach einer starken Führungspersönlichkeit, wie man sie nur bei den Grünen findet. Politologen, Soziologen und Psychologen führen den pro-homosexuellen Stimmungsumschwung dieser Zeit nach intensiver Forschung einhellig darauf zurück, daß nur denjenigen zugetraut wurde, die Geschicke des Landes ganz anders als bisher zu lenken, die ohnehin schon immer anders waren: den einst so geschmähten Homosexuellen.

Die Frage nach der Spitzenkandidatur bestimmte bereits im Frühsommer 2001 die Medien. Auf die aussichtslosen Plätze im Rennen um das zweithöchste Amt der Bundesrepublik zurückgeworfen hatte die männlichen homosexuellen Politiker bald der Umstand, daß schwulerseits trotz des über die Jahre kontinuierlich gewachsenen Drucks der öffentlichen Meinung noch immer keine Kampagne gegen Pädophilie und Kinderpornos in den eigenen Reihen ins Leben gerufen worden war. Die Frauenbewegung feierte im Kielwasser dieser Diskussion ihre dritte Auferstehung. Aus den Grünen, den Grauen, den Frauen, der PDS und der Naturgesetzpartei schloß sich das „Bündnis für eine neue

Bundesrepublik“ zusammen, als deren Spitzenkandidatin für das Amt der Bundeskanzlerin Ingeborg Schulze schnell benannt war.

Von der Bevölkerung positiv bewertet wurde vor allem Schulzes jahrelanges kirchliches Engagement bei der LuK (Lesben und Kirche). Während eines Konzils stellte man endlich fest, daß nicht Gleichgeschlechtlichkeit das Problem sei, sondern Sexualität an sich. Geschlechtsverkehr sei die eigentliche Wurzel allen Übels. Hartnäckig verwies man auf die heute Gott und der modernen Medizin sei Dank besiegte Lustseuche Aids als Beweis. Ein Jahr nachdem die Potenzpille Viagra 1998 auf den Markt kam, wurden die ersten Fälle von Penisthrombose bekannt. Tausende hetero- und homosexueller Männer fielen ins Koma, nachdem ihre Gehirne über längere Zeit nicht ausreichend durchblutet wurden. Lesbischen Frauen mußte endlich anerkannt werden, daß sie durch sexuelle Eskapaden nie auffällig geworden waren und statistisch seltener abtrieben. Denn erste heimliche Pluspunkte konnten Lesben bereits Ende des letzten Jahrhunderts bei den progressiveren ChristInnen sammeln, als sie begannen, massenweise Kinder in die Welt zu setzen, ohne sündigen Verkehr gehabt zu haben. Frau Schulze konnte selbst die Kirchen-Hardliner in hitzigen Fernsehdebatten davon überzeugen, daß durch massenhafte Adoptionen die staatlichen und kirchlichen Waisenhäuser und Erziehungsheime von den kostspieligen Unfällen heterosexueller Zügellosigkeit befreit würden und daher die Kirchenkassen, die unter dem chronischem Ausbleiben kirchensteuerzahlender Gläubiger gelitten hatten, in ein paar Jahren wieder saniert wären. Diesen Argumenten konnte sich selbst der Vatikan nicht verschließen.

Mit dem Versprechen, SozialhilfeempfängerInnen ohne KfZ künftig einen Gebrauchtwagen zur Erleichterung der Arbeitssuche aus der Staatskasse zumindest mitzufinanzieren, brachte das Bündnis auch den ADAC auf seine Seite, der erstmals den Wahlkampf mit offener Aktivität unterstützte. Die Autofahrerpartei ging in ihrem historischen Beschluß vom 26. Mai 2001 daraufhin in der „Mobilen Plattform“ von Bündnis 90/Die Grünen auf und wurde damit gleichfalls Teil des BfenBRD.

Nach einem kurzen Wahlkampf wurden die Urnen in der zweiten Juliwoche 2001 aufgestellt. Bayern fand mit seinem Begehren, die Wahl von UN-Beobachtern überwachen zu lassen, jedoch kein Gehör. Der Freistaat hatte argumentiert, es sei eine unzulässige Beeinflussung, den Urnengang in die Haupturlaubszeit zu legen, da zahlreiche Vertreter konservativer politischer Richtungen sich zu dieser Zeit in ihren Urlaubsdomizilen auf den Kanarischen Inseln und an der Küste Spaniens befänden und infolge Alkoholeinflusses zur Briefwahl nicht fähig seien. Die zuständigen UN-Gremien hingegen befanden es für ausreichend, daß die auch auf Mallorca erhältlichen deutschen Tageszeitungen verstärkt auf die heimische Wahl hinwiesen.

Spätere Analysen des in der Geschichte der Bundesrepublik mehr als ungewöhnlichen Wählerverhaltens bestätigten, was die führenden Meinungsforschungsinstitute schon Wochen vor der Wahl prognostiziert hatten: die Attraktivität des BfenBRD für die sich während der Semesterferien knapp über den Rand der Armutsgrenze hinaus jobbenden Studierenden, die homosexuellen CSD-AktivistInnen und Millionen von Jugendlichen, denen der damals äußerst populäre DJ Dr. Motte die Wahlbeteiligung zugunsten dieser ungewöhnlichen Allianz als Akt der Liebe und der Opposition gegen die verknöcherte Elterngeneration nahegelegt hatte. Im Wahljahr 2001 fand die Love Parade unter dem Motto „Vote for Love" statt und konnte sich erstmals gegen Zweifel am politischen Charakter dieser Veranstaltung behaupten.

Die neue Regierung hielt den größten Teil ihrer Wahlversprechen. Ehen zwischen gleichgeschlechtlichen PartnerInnen wurden legalisiert. Die von Lufthansa, Telekom und dem liberalen Flügel der Mun-Sekte gesponsorte Massenhochzeit im Olympiastadion jedoch floppte trotz schönen Wetters und enormer Medienbeteiligung ganz erbärmlich. Nur elf lesbische und acht schwule Paare wollten sich öffentlich trauen lassen. Die überregionale Tageszeitung *Siegessäule* schrieb: „Während verheulte Schwulenmuttis RTL4 Interviews gaben, taten die letzten Homoehebegeisterten, was sie seit Generationen in solchen Situationen zu tun pflegen: Die Lesben spielten Fußball, und die Jungs gingen duschen." Auf offizieller Seite wurden nach dieser Pleite lange nicht gehörte Stimmen wieder laut, ob das Konzept Ehe nach der erfolgten Gleichstellung aller Lebensgemeinschaften in Steuer-, Erb- und Mietrecht sowie nach der Reform des Asylrechts nicht doch völlig überholt sei.

Mit grundlegenden Umstrukturierungen gelang es der Regierung Schulze auch, das Image der durch Skandale und fallsüchtige Verteidigungsminister in Verruf geratenen Bundeswehr wieder aufzupolieren. Den bedenklichen Tendenzen zu Rechtsextremismus, Amateurvideofilmerei und Überalterung wurden durch die radikale Entlassungspolitik des neuen Verteidigungsministers Kießling Einhalt geboten. Margarete Cammermeyer, die nach ihrer Heirat mit einer deutschen Panzergrenadierin die doppelte Staatsbürgerschaft erlangt hatte, wurde zur Frauen- und Lesbenbeauftragten der Bundeswehr ernannt. Kießling war es auch, der bei den Green Berets Werbefilme für die Bundeswehr in Auftrag gab, nachdem umfangreiche Studien über diese „starke Truppe" sowohl die keinen Widerspruch duldenden Führungsqualitäten schwuler Männer als auch ihre Begeisterungsfähigkeit für Uniformen und Geländeerkundungen unbestreitbar bewiesen hatten. Antimilitaristische Proteste bei Militärparaden, bei denen im letzten Jahr erstmals das Regenbogenregiment der Marine mitmarschierte, konnten durch Formationen Yogischer Flieger besänftigt werden. Seit 2003 meditiert diese von der Naturgesetzpartei in positiv schwingender Atmosphäre und mit linksdrehender Ernährung ausgebildete Eliteeinheit auch auf Stützpunkten an der Grenze zu Bayern erfolgreich für Harmonie und Frieden.

Schulzes persönlicher Rückblick klingt so: „Die Bundesrepublik kann heute auf erfolgreiche Jahre der Assimilation homosexueller MitbürgerInnen zurückblicken, die die Jahre um die Jahrtausendwende wie das finstere Mittelalter aussehen lassen." Die Errungenschaften der Regierung Schulze können sich in der Tat sehen lassen: Bereits 2002 wurde die erste Reihenhaussiedlung für homosexuelle Paare fertiggestellt. Weitere folgten. Kinder schwuler oder lesbischer Elternpaare besuchen die Ulrike-Folkerts-Gesamtschulen. Auch für die Alten ist gesorgt. Wer nicht in Plattenbauten vor sich hinsiechen will, kann sich einen Platz im Volker-Beck-Altersheim in Berlin-Zehlendorf kaufen. Die Paraden zum Christopher-Street-Day in der Hauptstadt finden auf der Walter-Sedlmayr-Allee statt, ehemals Straße des 17. Juni. Lesbische Frauen können heute Kleinfamilien gründen, ohne ihre Figur zu ruinieren. Schwule können wieder unter sich bleiben und ihre Freundschaften zu alleinerziehenden Müttern neu überdenken. Nur die Firma Pride Sperm, die um die Jahrtausendwende unter dem Slogan „Wir machen Familie" mit schwulen Spermaspenden und Babyphonen Millionenumsätze erwirtschaftete, weinte eine Zeitlang leise ins Börsenblatt. Zu klären bleibt allerdings, aus welchem Etat der Unterhalt für die eiligst aus dem Boden gestampften Heime für verwahrloste Katzen, Hunde und Schwulenmuttis bestritten werden soll.

Als vorrangiges Ziel für eine etwaige zweite Amtszeit nennt Schulze die Entschädigung und Rehabilitierung der durch die Nationalsozialisten verfolgten Homosexuellen. Diese schwierige Aufgabe sei noch immer ungelöst und dürfe nicht einer biologischen Erledigung überlassen werden. Es sei endlich an der Zeit, die nötigen gesetzlichen Regelungen zu schaffen. Da es nur noch vier Überlebende gebe, sei dies eine Frage des politischen Willens, nicht der Finanzierbarkeit. Vorschläge aus Schulzes politischem Umfeld, den überkommenen Bundesadler durch einen positiven Delphin zu ersetzen, erfreuen zwar Lesben, EsoterikerInnen und UmweltschützerInnen gleichermaßen, werden von anderen jedoch als Mangel staatstragenden Ernstes kritisiert. Umstritten bleiben bis heute auch die Berufung Lilo Wanders' ins Frauenministerium und die Kandidatur Hella von Sinnens für das Amt der Bundespräsidentin.

zusammen mit Sophie Hack

Das lesbische Jahr-2000 Problem

„Im Jahr 2000 sind alle Frauen lesbisch!" versprachen bis vor wenigen Jahren noch Transparente, Buttons, Flugblätter, Aufkleber und T-Shirts. Wie alle Fanartikel einer fehlgeschlagenen Werbekampagne verschwanden diese zukünftig wertvollen Sammlerinnenstücke auf den Dachböden und in den Kellern der übriggebliebenen Frauenzentren.

Was ist schiefgegangen?

Waren wir doch nicht so überzeugend? Oder wollen wir nicht wahrhaben, daß die meisten Heteras viel lieber schwul wären, weil sie dann endlich an die tollen Typen rankämen?

Dabei ist Lesbischwerden gar nicht schwer. Frau muß nicht zweiundzwanzig Jahre alt sein, ein abgeschlossenes Hochschulstudium und langjährige Berufserfahrung haben. Sehr gute Französischkenntnisse muß sie ebenfalls nicht mitbringen.

Vielleicht liegt es auch daran, daß niemand so genau weiß, wann das Jahr 2000 eigentlich ist. Die Ägypterinnen beispielsweise müßten eigentlich schon vor 4000 Jahren allesamt konvertiert sein. Während diese Hochkultur am Nil bereits Luxusgräber baute, saßen wir in Europa noch auf den Bäumen und bewarfen uns gegenseitig mit Stöcken.

Mal ehrlich, wollen wir denn, daß alle Frauen lesbisch werden? Natürlich fragt sich jede Lesbe, die einmal in einem U-Bahnwaggon mit Hertha-BSC-Fans eingesperrt war, warum es immer noch heterosexuelle Frauen gibt. Und vor allem, warum diese dazu beitragen, daß sich Fußballfans dieser Güte unkontrolliert vermehren dürfen. Schön ist das nicht.

Aber stellen wir uns eine Welt ohne Heteras vor. Unsere schwulen Freunde würden vereinsamen. Viel schlimmer noch, theoretisch könnte Hannelore Kohl deine Spielpartnerin beim Doko-Turnier in der Frauenkneipe sein. Die Gattin deiner Schwester wäre vielleicht fürchterlich, weil ihre Orientierung sich zwar verändert hätte, aber nicht ihr Geschmack. Jens Riewa wäre der Damenwelt endgültig verlorengegangen. Sogar Alice Schwarzer wird dann behaupten, schon eine Lesbe gewesen zu sein, als sie noch als solche von *Stern* und *Bild* beschimpft wurde. Auch da würden wir jammern wie jetzt nach dieser gefloppten Werbekampagne.

„Was haben wir falsch gemacht?"

Wir wären wie alle anderen auch. Ein schauderhafter Gedanke.

„Im Jahr 2000 sind alle Frauen lesbisch. Willst du die letzte sein?" hieß damals die vollständige Parole. Unter diesen Umständen eindeutig: Ja! Ich will – die letzte Hetera sein, wenn ich so der Einfallslosigkeit der Massen entkommen kann.

Ohne uns Homosexuelle wäre die Zivilisationsgeschichte noch dünneres Eis, als sie es ohnehin schon ist. Während Herr Neandertal auf andere Stämme einschlug und Frau Neandertal derweil Mammut einkochte oder die Höhle schrubbte, kritzelten die späteren Töchter Sapphos lieber Gedichte an die Wände und erfanden das Rad. Es ist sogar anzunehmen, daß die berühmten Neandertaltunten Herzblut und Kreuzstich in Fellen vereinten, um todschicke Lendenschurze zu entwerfen.

Alles in allem sind wir nämlich ein liebenswertes, kleines Völkchen mit Schrullen, die uns so schnell keine – und sowieso keiner – nachmachen kann, mit Meisen, die ihresgleichen suchen, und mit Marotten, die kein Mensch versteht – außer uns natürlich. Während alle anderen mit Machterhaltung und -vermehrung beschäftigt sind, kümmern wir uns um die wichtigeren Dinge im Leben. Und genau das hat schon immer die Kultur einer Gesellschaft vorangetrieben.

Das Coming-out ist erst die Eintrittskarte in den Verein der weiblichen invertierten Gesellschaft. Es folgen Begegnungen der dritten geschlechtlichen Art, Selbstfindungsseminare, das Errechnen des eigenen Aszendenten, ein neuer Haarschnitt, Ex-Freundinnen, verunglückte Wohngemeinschaften, falsche und richtige Idole, beleidigte biologische Familien und und und. Lesbischsein allein ist noch kein abendfüllendes Programm. Das stimmt. Es ist eine verdammte Vollzeitarbeit.

Nicht alle Frauen sind lesbisch, das ist auch nicht weiter zu bedauern. Im Gegenteil: Die meisten von uns sind sogar mit Heteras befreundet, und wir mögen sie trotzdem. Vielleicht wäre es besser, sich auf realistische Ziele zu konzentrieren, damit wir sagen können:

„Im Jahr 2050 leben alle Lesben offen. Willst du als letzte im Schrank sitzen?“

Das Ende

Foto: Heyde/Pausch-Fotografie

Danksagungen

Ich bedanke mich bei:
Ilona Bubeck und Jim Baker für ihre Geduld und Ausdauer
Der Potse 139
Der Begine für *Heineken* und alles
Fräulein Kaiserin, designierte Kaiserin von Tuntland
Meinen Freundinnen und Freunden
Lucky Pride and T Pride – thank you for being our friends! ((((Big Hugs!))))
Jaye OneFeather and the wonderful Ladies, Sirs, Warriors and Maidens in The Lodge – Peace and Respect! (www.gay.com chat)
Sigi und Moni aus Kiel (nicht nur für den Tag am Meer)
Meinem tapferen, kleinen Computer (Doris3 rules!)
Meinen Eltern
Meinen Großeltern
Allen, die mir geholfen und mich inspiriert haben (zum Beispiel Sigi und Sophie für das Rabattmarkenheft)
Denen, deren Meinung ich zwar nicht teile, die aber alle zweifelsohne zur Vielfalt unserer Kultur beitragen
Den Lassie Singers
Gene Roddenberry für *Star Trek*
Lucy Lawless für *Xena*
und allen voran Sophie Hack, der größten Quatschnase, die mir je begegnet ist und ohne die nicht nur dieses Buch unmöglich gewesen wäre!

Alle Namen, außer denen der Prominenz, sind frei erfunden. Ähnlichkeiten mit lebenden Personen sind nur zum Teil beabsichtigt. Die Texte in diesem Buch sind Satire.

Macht's gut, und danke für den Fisch!
(Douglas Adams)

Lesbisches Begehren wird sichtbar

Was ist Butch/Femme eigentlich? Rollenspiel? Verkleidung? Inszenierung? Ein ritualisiertes Begehren? Oder ist es nur das erotische Spiel mit den weiblichen und männlichen Elementen, die jede/r von uns in sich trägt?

Stephanie Kuhnen (Hrsg.)

Butch/Femme

Eine erotische Kultur

ISBN 3-89656-015-8

QUER VERLAG

HS und HMS
- zwei Schwestern, ein Ziel -

Die Homosexuelle Selbsthilfe e. V. (HS) wurde 1980 mit dem Ziel gegründet, das Selbstbewußtsein, die Emanzipation und die Handlungsspielräume von Schwulen und Lesben in der Gesellschaft zu stärken.

Im Jahr 1991 wurde mit gleichem Ziel von Prof. Dr. Andreas Meyer-Hanno die Hannchen-Mehrzweck-Stiftung (HMS) als zweites, gemeinnütziges Standbein gegründet.

Die HS unterstützt Projekte, die nicht gemeinnützig sein müssen. Über die Vergabe von Förderungen beschließt die Mitgliederversammlung.

Die Stiftung HMS fördert ausschließlich gemeinnützige Projekte. Über die Vergabe entscheidet der Vorstand. Er ist dem Stiftungsbeirat verantwortlich, dem auch drei HS-Vorstände angehören.

Die HS füllt ihren Fond aus den Mitgliederbeiträgen und aus Spenden (steuerlich nicht absetzbar).

Das Geld der HMS stammt aus den Zinsen des Stiftungskapitals und aus Spenden (steuerlich absetzbar).

Nähere Informationen erhalten Sie über:

Hannchen-Mehrzweck-Stiftung
Homosexuelle Selbsthilfe e.V.
Löwengasse 27 K
60385 Frankfurt am Main

Hannchen Mehrzweck Stiftung hms
hs Homosexuelle Selbsthilfe e. V.